Maria Hellmann

WAS SIND SCHON DREI TAGE

Maria Hellmann

WAS SIND SCHON DREI TAGE

Impressum

Bibliografische Information der Deutschen Nationalbibliothek:
Die Deutsche Nationalbibliothek verzeichnet diese Publikation
in der Deutschen Nationalbibliografie; detaillierte bibliografische Daten sind im Internet über http://dnb.dnb.de abrufbar.

TWENTYSIX – Der Self-Publishing-Verlag
Eine Kooperation zwischen der Verlagsgruppe Random House
und BoD – Books on Demand

© 2019 Maria Hellmann

Cover: **Karin Osten**
Lektorat: **Elsa Rieger** www.elsarieger.at/lektorin
Korrektorat: **Wilfried Schönberger**
Herstellung und Verlag: BoD – Books on Demand, Norderstedt

ISBN: 978-3-740-76224-7

WAS SIND SCHON DREI TAGE

Handlungen und Personen sind frei erfunden.
Ähnlichkeiten mit lebenden oder toten Personen
sind rein zufällig.

TEIL EINS

1

Erst war nur schweres Atmen zu vernehmen, dann folgte monoton und schleppend »Kranichstraße elf.« Die Stimme klang fremd, aber Paul Pokatzky wusste, dass es nur seine eigene sein konnte. Einen Namen nannte er nicht und legte rasch auf, als wolle er etwas unwiderruflich beenden, bevor er es sich anders überlegte. Er wartete in der Küche; die Wohnungstür hatte er weit geöffnet, damit die Polizei eintreten konnte, ohne klingeln zu müssen.

Es dauerte gar nicht lange, da hörte er anhaltendes Summen vom Haupteingang im Erdgeschoß und Stimmen, die durchs Treppenhaus hallten. Man wollte wissen, ob sich unter den Türöffnern der Anrufer befand.

»Hab ich doch gesagt, wieder so ein Spinner, hinter jedem Scheiß müssen wir herlaufen!«

Das klang verärgert in Pauls Ohren und das war von den beiden Polizisten offensichtlich auch so gemeint, die nach drei Etagen und einem kurzen Anklopfen mit einem »Hallo, ist da jemand?« den Flur betraten und mit durchaus gelangweiltem Gesichtsausdruck auf Paul Pokatzky blickten.

Der hob einen Arm, zeigte nach rechts und sagte »im Wohnzimmer«.

»Ach du Scheiße!«, konnte er hören, nachdem sich die beiden Beamten anscheinend ein erstes Bild machen konnten, und fand diese Ausage auch für seine Situation passend. Dann folgte ein dumpfer Schlag, verzweifelte Worte und ein Telefonanruf. »Brandstädter hier, Einheit zwölf auf Streife, eine Tote, offensichtlich abgetrennte Zunge, Kranichstraße elf dritter Stock, Kollege Ziegler bewusstlos.«

Auch Paul Pokatzky hatte beinahe das Bewusstsein verloren beim Anblick seiner Mutter. Wo er hinschaute, war Blut. Ihr Kopf lag im Nacken, ihre langen grauen Haare, in denen sich gelöste Haarnadeln verfangen hatten, fielen wirr über das Gesicht, in dem sich ein grausig aufgerissener Mund befand. Die Hände waren an den hölzernen Verstrebungen der Rückenlehne von einem ihrer geliebten Chippendalestühle festgebunden. Mit seiner Krawatte. Grüne Seide mit einer eingestreuten Stickerei aus kleinen Lilien. Ein Indiz. Erstmal für ihn.
Aber wann sollte er das getan haben? Und wie? Er konnte sich überhaupt nicht erinnern, noch konnte er sich vorstellen, zu solch einer Tat fähig gewesen zu sein. Wem sollte er das erklären? Und wer wollte

das in dieser Form wissen? Er schaute auf seine Hände, die noch ganz rot waren vom Schrubben unter dem kalten fließenden Wasser, fuhr sich mit allen zehn Fingern zum x-ten Mal durch die dichten blonden Haare und barg sein Gesicht in den großen Handflächen. Dann nutzte er die Zeit, die ihm blieb. Noch kümmerte sich der eine Kollege um den anderen, noch war keine Verstärkung eingetroffen und von einem Martinshorn war bisweilen auch nichts zu hören. Er stand auf, ging in den Flur, nahm die olivgrüne Jacke vom Haken an der Garderobe und verließ die Wohnung seiner Mutter durch die noch immer offenstehende Tür.

Fünf Stunden später rollte er mit dem Nightjet aus München heraus in Richtung Rom.

2

Zur selben Zeit, aber gut tausend Kilometer entfernt, saß Charlotte Horn in der ›Cafeteria Stazione‹ in Fabriano, einer Kleinstadt in Mittelitalien, und wartete auf den Zug nach Rom. Von dort aus wollte sie den Nachtzug nach München nehmen. Es regnete an diesem Novembernachmittag und Charlotte rührte den Zucker in ihren Espresso, während sie die Tropfen beobachtete, die an der großen Fensterfront ihren Weg nach unten nahmen. Mittendrin blinkten die Leuchtbuchstaben, die dem Kunden draußen in den Farben Blau, Rot und Grün *aperto* signalisierten, also, dass man geöffnet habe. Von drinnen las sie *otrepa*, aber sie wusste genau, was es zu bedeuten hatte, dafür sorgten die Neuronen in ihrem Kopf. Waren die auch für Entscheidungen zuständig? War es eine gute Idee, nach Ulm zu fahren, um Dirk Kessler zu finden? Zumindest bei ihrem vor einigen Jahren gefassten Entschluss, alles hinter sich zu lassen und nach Italien zu gehen, um ein Bed & Breakfast aufzumachen, hätten ihre Nervenzellen versagt, *wenn* sie denn bei derartigen Überlegungen eine Rolle spielen würden.

Obwohl Charlotte nicht aus ihrem Mantel geschlüpft war, und sogar noch ihren Wollschal als Kissenersatz auf den kalten grüntransparenten Plexiglasstuhl gelegt hatte, fror sie in der mäßig geheizten Bar. Charlotte fror generell während der Wintermonate in Italien. Das lag nicht nur an ausgekühlten Räumen, das lag auch an so manch kühlem Ambiente, an der oft lieblosen Zweckmäßigkeit, die man an den unterschiedlichen Orten antreffen konnte: ein Provisorium, das sich unter der Sommerhitze zu einem südländischen Flair verwandelte.

Auch sie spürte jedes Jahr diese Verwandlung mit steigenden Temperaturen, und sie fragte sich, warum sie nur so leiden musste, warum die Vorfreude nicht ausreichte, die winterliche Realität erträglicher zu machen. Mag sein, dass diese saisonale Missstimmung auch an der Abwesenheit der Gäste lag, die in den freundlichen Monaten ihrem Dasein Struktur gaben. Doch wenn sich das erste Laub verfärbte, wurde sie dieser Gesellschaft müde und konnte es kaum erwarten, dem Letzten bei seiner Abreise lächelnd hinterher zu winken. Von da an stellte sie den Wecker nicht mehr, sie blieb im Bett und stand erst auf, wenn sich das schlechte Gewissen meldete. Dann frühstückte sie aus dem Kühlschrank heraus. Ein Stück Käse, ein paar Scheiben Salami und die Milch direkt aus der Packung. Bevor sie duschte und sich anzog, schlüpfte sie in den Jogginganzug und bestieg ihren Hausberg. Auf das Mittagessen verzichtete sie oder besser gesagt, es wurde vertrödelt, denn wenn sie wieder vom Berg herunterkam, wurde es Zeit, darüber nachzudenken, was sie sich zum Abendessen kochen wollte und einen Einkaufszettel zu schreiben.

Ein paar Wochen später saß sie allerdings um die Mittagszeit doch wieder an ihrem Küchentisch und aß einen Salat oder eine Suppe. Den Hausberg bestieg sie nicht mehr täglich, dafür sorgte sie in Schränken für Ordnung, nahm die Vorhänge in den Gästezimmern vom Gestänge, wusch die Decken und Kopfkissen und deckte mit großen Tüchern all das ab, worauf sich in der besucherfreien Zeit kein Staub legen sollte. Am Morgen brühte sie Kaffee auf und scrollte sich auf ihrem Tablet durch die Welt, während sie ins Toastbrot mit der selbstgerührten Orangenmarmelade biss.

Der Wecker klingelte täglich um sieben Uhr dreißig, außer an den Sonntagen, und wenn die schmiedeeisernen Flügel der Einfahrt beim Schließen metallisch aufeinander klackten, dachte Charlotte an Gefängnis.

3

Paul Pokatzky entschied sich bewusst gegen den Schlafwagen, den ihm die dienstwillige Angestellte im Reisezentrum ab München empfohlen hatte. Nicht nur, dass er schon ahnte, er würde kein Auge zudrücken, er war auch der Meinung, im Sitzwagen weniger aufzufallen, weil er so ganz ohne Gepäck reiste. Lediglich seine olivgrüne Winterjacke mit dem Fellbesatz an der Kapuze, den Laptop und die beiden ›ausgeweideten‹ Mobiltelefone hatte er dabei. Zu mehr war bei dem schnellen Aufbruch keine Zeit gewesen und hätte auch keinen Sinn gemacht.

An den Schaffner, der seine Fahrkarte von Karlsruhe in die bayrische Landeshauptstadt entwertet hatte, konnte sich Paul nicht mehr erinnern. Auch die dreieinhalb Stunden Fahrzeit waren schnell um. Wie er dann pünktlich um zehn nach acht abends auf seinem Fensterplatz im Nightjet nach Rom zum Sitzen gekommen war, konnte er sich ebenfalls nicht erklären. Das war alles passiert, ohne dass er das Gefühl gehabt hatte, dabei gewesen zu sein. Genau wie die Sache mit seiner Mutter. Die abgetrennte Zunge lag auf ihrem Schoß.

Wer soll das sonst gewesen sein, wenn nicht er?

Im Abteil gab es sechs Sitze und nur auf einem richtete sich eine ältere Frau ein, die anderen blieben leer. Sie saß ihm direkt gegenüber und er hoffte –zu sehr erinnerte sie ihn an seine Mutter –, dass sie spätestens an der letzten Station in Österreich aussteigen würde. Ihr einziges Gepäckstück, eine Shopper-Tasche aus billigem Kunstleder, sprach dafür.

Nur an den Menschen auf dem Bahnsteig, die einer nach dem anderen aus seinem Blickfeld verschwanden, bemerkte er, dass es sein Zug war, der sich in Bewegung setzte.

Pokatzky atmete auf. Er fühlte sich erleichtert, ohne zu wissen, warum.

***

»Paul!« Seine Mutter kam ihm mit geröteten Augen und ausgestreckten Armen in der großen Eingangshalle entgegen. Sie beugte sich zu ihrem Sechsjährigen, wollte ihn an sich drücken, aber da war noch der Ranzen auf seinem Rücken, der eine richtige Umarmung verhinderte.

Es dauerte eine Weile, bis Paul verstand, dass sein Vater am Vormittag verstorben war. Noch nie hatte er seine Mutter weinen sehen und wusste nicht, ob sie ihn trösten wollte oder ob sie Trost bei ihm suchte. Paul brauchte keinen Trost. Er löste die Arme seiner Mutter und ging in sein Zimmer, um die Hausaufgaben zu machen.

Dass der Vater nicht mehr da war, änderte nicht sehr viel in seinem Leben. Mit dessen Abwesenheit war er von klein auf vertraut. Es gab andere Veränderungen, tiefgreifendere, wie die, dass er von diesem Tag an nicht mehr in seinem Zimmer schlief. Sein Platz war nun der neben Mutter und er durfte auch nicht seine Bettwäsche mit den vielen Booten und dem Steuerrad auf dem Kopfkissen mitbringen.

Die vermisste er in den ersten Tagen auch gar nicht, zu sehr genoss er die Nähe seiner Mutter, die in dieser Art ganz neu für ihn war. Wenn sie ihn zu Bett brachte, blieb sie länger als gewohnt und es kam nicht selten vor, dass sie sich zu ihm legte, mit dem gerahmten Foto ihres verstorbenen Mannes auf der Brust und leise vor sich hin weinte. Auf Vaters Nachtschränkchen, das jetzt Pauls Nachtschränkchen war, stand der gleiche silberne Bilderrahmen, aus dem seine Mutter blickte. Sie lächelte mit leicht geöffnetem Mund, von dem der Blick des Betrachters automatisch angezogen wurde. Die vollen Lippen in einem kräftigen Rot wirkten wie ein Stoppschild, dem die ganze Aufmerksamkeit geschenkt wurde, bevor sich der Verkehrsteilnehmer um das Drumherum kümmerte. Die blonden Haare fielen reichlich gelockt auf schmale Schultern und säumten ein Gesicht mit ebenmäßigen Zügen und dunkelbraunen Augen. Richard Pokatzky hatte sich vor acht Jahren eine wahre Schönheit an Land gezogen, wie dessen Vater Anton Pokatzky bemerkte, als er seinem Sohn am Tage der Vermählung die Leitung des Familienunternehmens übertrug.

In ewiger Liebe war auf einem Banner zu lesen, das zwei angelaufene Silberengel, die oben auf dem Rahmen saßen, in ihren dicken Fäustchen hielten. Der Liebe wurde die Ewigkeit auf Erden zu früh versagt. Im Alter von dreiundvierzig Jahren bereitete ihr ein Herzinfarkt ein unerwartetes Ende.

4

Charlotte setzte die Espressotasse an ihre vollen Lippen, warf den Kopf in den Nacken und leerte sie in einem Zug. Der überstreckte Hals wirkte noch länger als gewöhnlich, was auch daran lag, dass ihr üppig gelocktes Haar nach hinten fiel und nicht mehr kaschieren konnte, was sie so sehr an sich hasste.

›La giraffa più bella nel mondo‹ nannte sie Luca Rossetti, der sich vor sieben Jahren um den Umbau ihres Landhauses gekümmert hatte. Er hätte sich gerne um mehr gekümmert, zumal er nicht begreifen konnte, dass eine alleinstehende Frau im besten Alter ihr Leben so abgelegen verbringen wollte.

»Sei troppo bella per vivere da sola!«

Sie sei zu hübsch, um allein zu leben? War dieses Lebensmodell nur hässlichen Menschen vorbehalten? In ihrem damaligen Wortschatz befanden sich noch nicht die richtigen ›parole‹, um solch einer Aussage etwas entgegenzusetzen. Das wäre auch nicht klug gewesen, denn es war nicht unpraktisch, jemanden in diesem fremden Land an seiner Seite zu haben, der sich im Notfall kümmerte. Die zwischenmenschlichen Notfälle ausgeschlossen. So ließ Charlotte ein gewisses Maß an Nähe zu, das es brauchte, um eine Freundschaft nicht einschlafen zu lassen. Sie ertrug ›la giraffa‹, war sie doch selbst daran schuld, ihm von den Schulhofhänseleien erzählt zu haben. Zumindest war sie in Lucas Augen ›la più bella‹, also die Schönste, und das mit mittlerweile zweiundvierzig Jahren.

Charlotte schaute auf die große Uhr an der Wand über der zischenden Kaffeemaschine. In fünfzehn Minuten würde ihr Zug einlaufen. Sie zahlte und zog den Rollkoffer zum Gleis. Es war ihr egal, wo sie fror.

Der frühe Nachmittag wurde noch nicht von den Berufspendlern belagert und Charlotte fand gleich im ersten Waggon einen Sitzplatz in Fahrtrichtung. Sie zog es vor, beim Reisen nach vorn zu schauen. Warum dem hinterherblicken, was im Begriff war, sich zu entfernen. Außerdem wurde ihr beim Rückwärtsfahren, vor allem, wenn sie lesen wollte, immer schlecht. Ihren Mantel konnte sie ausziehen, im Zug war es warm. Charlotte empfand dafür Dankbarkeit, was an der abhandengekommenen Selbstverständlichkeit lag. Sie musste an den wohnungslosen Rentner denken, der im Zug lebte. Er fuhr im Stiefel von Nord nach Süd und von Süd nach Nord, nur zum Einkaufen stieg er gelegentlich aus. Schlafen, Essen, Hygiene. Alles auf der Schiene. Das hatte sie vor langer Zeit in der ›La Repubblica‹ gelesen. Die hatte sie jetzt auch auf dem Schoß und blätterte darin herum.

Per il tuo sorriso sicuro. Ein lächelnder Mund gab schneeweiße und ordentlich in Reih und Glied stehende Zähne frei. *Für dein sicheres Lächeln.* Eine viertelseitige Werbeanzeige einer Zusatzversicherung. In Farbe. Man wollte sich um die Zähne der Italiener kümmern.

Zähne seien wie eine Visitenkarte, hatte ihr Vater immer wieder gepredigt. Charlottes Vater hatte sich um viele dieser ›Visitenkarten‹ gekümmert.

Dr. Gernot Raab, Kieferorthopäde

Die Praxis befand sich im Untergeschoß des Einfamilienhauses, in dem Charlotte aufgewachsen war. Manche Kinder, denen ihr Vater Brackets auf die Zähne klebte, kannte sie aus der Schule, was ihr nicht nur Vorteile einbrachte. Sie bekam ihre im Alter von zehn Jahren und ihr Vater machte nicht viel Federlesen, wenn er die Bögen auswechselte.

»Die werden wir schon auf die Reihe kriegen!«, sagte er jedes Mal, wenn er mit seinen latexbehandschuhten Fingern in ihrem Mund herumfummelte.

Auf die Reihe kriegen. Das bezog sich auf vieles. Auch auf die Schulnoten, die später einmal ein Zahnmedizinstudium zulassen sollten.

»Charlotte bedeutet ›Die Tüchtige‹. Dann zeig mal, was in dir steckt!«

Offensichtlich steckte nicht genug in ihr, um die Pläne des Vaters zu bedienen. Nach langem Kampf mit ihm begann sie nach dem Abitur eine Lehre als Köchin. Das war keine aus der Not geborene Alternative, Charlotte liebte das Kochen über alles. Sie ging noch in den Kindergarten, als sie auf einem Hocker stehend neben ihrer Mutter Möhren und Kartoffeln schälte.

»Gegessen wird immer.« Eine Aussage, die dem Vater half, sich mit der Niederlage, wie er es nannte, irgendwann abzufinden.

Auch wenn Charlotte während ihrer Lehre noch immer dort wohnte, wo ihr Vater Zähne in die richtige Stellung brachte, die Arbeit in dem großen Hotel kam einer Erlösung gleich. Da wusste sie allerdings nicht, dass in ihrem Namen eine weitere Bedeutung steckte: ›Die Freie‹.

»Bring mir wenigstens einen brauchbaren Schwiegersohn ins Haus, einen, dem nicht nur die Liebe durch den Magen geht!«

Ihren ersten Kuss bekam Charlotte während der Abifeier. Carsten Franke hatte sie im Stadtpark einfach ins Gras geschubst und seinen nach Wodka stinkenden Mund auf den ihren gedrückt. Dann bahnte sich seine Zunge ihren Weg und Charlotte war kurz davor, sich zu übergeben. Er wäre auch nichts für die Zukunft gewesen. Sie hatte immer die Zukunft im Blick behalten, wenn sie schüchtern ein Auge auf einen Jungen aus der Schule geworfen hatte. Das waren nicht viele und die wenigen hatten es noch nicht so mit der Zukunft.

5

Elisabeth Pokatzky lag die Zukunft sehr am Herzen. Ihre und die ihres Sohnes. Wobei die ihre von der des Sohnes abhängig war. Paul musste, wenn er alt genug wäre, das Familienunternehmen weiterführen.

Ein Familienunternehmen in dritter Generation, wobei der Urgroßvater Schubkarren baute, um sich und seine Mutter durchzubringen. Die verließ in der Hoffnung auf Wiederherstellung ihrer Ehre mit dem zwölfjährigen unehelichen Urgroßvater Westpreußen und folgte einem deutschen Kaufmann nach Karlsruhe. Der dachte aber nicht ans Heiraten und irgendwann auch nicht mehr an ein Zusammenleben. So war es am Urgroßvater, sich um die Mutter zu kümmern, und er machte es gut. Noch mehr Ehrgeiz entwickelte Anton Pokatzky, sein Sohn und Pauls Großvater, der nach einem Ingenieurstudium der Dichtungstechnik verfallen war. Mit wachsendem Erfolg schwanden die Schubkarren, und die Familie zog in eine Jugendstilvilla am Stadtrand mit vielen Zimmern. Elisabeth, die damals noch ihren Mädchennamen Brunner trug, ging häufig an dieser Villa vorbei, wenn sie sich drei Häuser weiter mit Babysitten ihr schmales Taschengeld aufbesserte. In dieser Villa zu wohnen, stellte sie sich einzigartig vor. Mehr konnte das Leben gar nicht bieten. Und weil sie vom Leben nicht genug bekommen konnte, legte sie es darauf an, Richard kennenzulernen.

6

In Rom blieb Charlotte eine gute Stunde Zeit, um sich an dem anonymen Treiben auf dem Großstadtbahnhof Termini zu erfreuen. Touristen, Pendler, Geschäftsreisende, Schüler, Studenten, Familien. Aber auch alte Menschen, von denen vielleicht mancher gar keine Fahrkarte hatte, sondern nur das eine Ziel, der Einsamkeit zu entkommen.

Rom, die ewige Stadt. Sie war schon lange nicht mehr hier gewesen. Das letzte Mal ohne Alex. Mit Alex hatte sie Rom auf der Hochzeitsreise besucht. Ohne Alex war es dann nicht mehr auszuhalten.

Aber jetzt hielt sie es gut aus. Charlotte genoss es, unter so vielen Menschen zu sein, mit denen sie nichts zu tun hatte und die nichts von ihr erwarteten. Sie tauchte ein und ließ sich treiben, nicht ohne die Zeit aus den Augen zu verlieren. Bevor sie zu ihrem Gleis ging, kaufte sie sich einige Zeitschriften für die dreizehnstündige Reise. Den ›Spiegel‹, eine ›Brigitte‹ – nur in den Sommermonaten kam sie in den Genuss deutscher Illustrierter, die von den Gästen zurückgelassen wurden –, ›La Cucina Italiana‹ und die Gartenzeitschrift ›Pollice Verde‹.

Charlotte hatte keinen grünen Daumen, den hatte Dirk Kessler, zumindest sollte er ihn als Landschafts- und Gartenbauarchitekt haben. Dirk kam aus Ulm, und in Ulm und um Ulm herum hatte sie im Internet sechs Unternehmen gefunden, die sich um Landschaften und Gärten kümmerten. In einem davon würde er sicher arbeiten. Charlotte wollte vor Ort auf die Suche gehen, wollte Dirk überraschen, so wie er sie überrascht hatte. Allerdings war es keine freudige Überraschung gewesen, als er Ende Oktober nach drei Schnuppertagen einfach aus ihrem italienischen Bed & Breakfast-Leben verschwunden war.

In Ulm und um Ulm und um Ulm herum … Charlotte wollte zuversichtlich sein, dass Dirk sich freuen würde. Sie hob ihren Rollkoffer in den Liegewagen und schob ihn im Gang über den graublauen Teppichboden, der, obwohl recht kurzflorig, der Akustik einen ordentlichen Dämpfer verpasste.

Blaukraut bleibt Blaukraut und Brautkleid bleibt Brautkleid. Ob sie jemals wieder heiraten würde? Ein Gedanke, dem keine Zeit blieb, weitergedacht zu werden. Charlotte stand vor ihrem Abteil.

Gerne hätte sie eine Einzelkabine im Schlafwagen gehabt, aber so kurzfristig, hatte ihr die Frau tags zuvor am Telefon gesagt, sei das unmöglich.

Dass lediglich ein Platz in einer Viererkabine im Liegewagen für sie übrigblieb, betrachtete sie zwar als ›entscheidungsfreundlich‹, aber nicht unbedingt wünschenswert. Auch der Mutter der beiden Mädchen war die Enttäuschung ins Gesicht geschrieben, als Charlotte die Schiebetür zur Seite zog.

»Buona sera!«

7

Paul schaute aus dem Zug in die erleuchteten Fenster der sich auflösenden Stadt. Wie in einem Setzkasten stapelten sie sich in der Dunkelheit und reihten sich aneinander. Dahinter kümmerten sich Menschen um ihren Feierabend, und er empfand eine gewisse Harmonie beim Anblick der schnellen Bilder, wohl wissend, dass sich die wenigsten nach einer Wohnung entlang der Bahnlinie sehnten.

Wahrscheinlich ist es nur das Licht, das die friedvolle Stimmung in die Nacht zaubert, dachte er und erinnerte sich an die Momente in seiner Kindheit, in denen er auf der Kiesauffahrt der Villa stand und ihm die erleuchteten Fenster Lichtflächen vor die Füße warfen. Das hatte etwas Einladendes, dem er aber immer weniger folgen wollte.

***

»Paul, du wirst die nächsten Tage zu Hause bleiben. Ich habe schon mit Frau Gerdes telefoniert. Sie und die ganze Klasse lassen dich grüßen.«

Die Augen der Mutter waren noch immer gerötet,

die Bestattungsfeierlichkeiten hatten ihren Teil dazu beigetragen. Die schwarze Kleidung betonte die Blässe in ihrem Gesicht und die braunen Augen schienen noch tiefer zu liegen als sonst. Ihrer Schönheit allerdings konnte die Trauer nichts anhaben.

Elisabeth hatte sich zu diesem Anlass für einen Hosenanzug entschieden, sie musste jetzt ja ihren Mann stehen, wo der ihre gerade unter die Erde kam. Auch Paul steckte in einem schwarzen Anzug mit dunkler Krawatte auf weißem Hemd. Es waren mehr als erwartet, die der Trauerfeier beiwohnten. Mutter und Sohn standen am offenen Familiengrab, und die Beileidsbekundungen schienen kein Ende zu nehmen. Der Witwe wurden Hände gereicht und es wurde betroffen genickt, dem Sohn über den Kopf gestrichelt, bis vom Scheitel nichts mehr übrig war, auf den die Mutter von diesem Tag an großen Wert legte.

»Ich will aber in die Schule gehen!« Fast hätte Paul mit dem Fuß aufgestampft. Doch weil seine Mutter immer wieder betonte, wie schwer sie es jetzt habe ohne Papa, und dass Großvater auch nicht mehr da sei, um ihr zu helfen, ließ er es sein.

Den Großvater hatte Paul nie kennengelernt, denn noch bevor er zur Welt kam, musste der sie verlassen. Herzinfarkte schienen eine Familienangelegenheit.

Wegen Herrn Dahlhaus durfte er dann einen Tag später doch wieder zur Schule gehen. Herr Dahlhaus war Richard Pokatzkys rechte Hand und es musste viel geregelt werden, was seine Mutter nicht unkontrolliert geschehen lassen wollte. Die Geschäfte sollten in sichere Hände kommen, damit Paul nach dem Studium der vierten Generation alle Ehre machen konnte.

In der Klasse guckten die Mitschüler ausnahmslos traurig, so, als hätte Frau Gerdes das mit ihnen eingeübt. Paul aber war alles andere als traurig, er freute sich über die zurückgewonnene Normalität nach all den Tagen des Durcheinanders. Die Mutigsten aus seiner Klasse fragten in der Pause auf dem Schulhof, ob er den toten Vater gesehen und ob er ihn auch angefasst habe. Paul dachte in diesem Moment darüber nach, wie häufig der Vater ihn angefasst hatte. Er konnte sich kaum erinnern und deswegen fiel ihm das Vergessen auch nicht schwer.

Paul wollte kein bedauernswerter Junge sein. Er wollte so sein wie die anderen. Das aber verhinderten in Zukunft die Frisur mit Scheitel, feinmaschige Pullunder mit V-Ausschnitt, einfarbige Baumwollhemden mit gestärkten Kragen und lederne Halbschuhe. Ab der dritten Klasse hieß er nur noch Polacken-Paule, was er seiner Mutter nie erzählte.

8

Die beiden Mädchen hießen Sofia und Elena, eineiige Zwillinge, bei denen Charlotte sofort nach einem Unterscheidungsmerkmal suchte, denn sie behielt gerne den Überblick. Der drohte ihr beim Betreten des Abteils schon abhandenzukommen, denn Mutter und Töchter hatten sich so eingerichtet, dass mit einer vierten Person nicht mehr zu rechnen war.

Charlottes Vater hätte jetzt gesagt: »Da haben Sie die Rechnung ohne den Wirt gemacht«, sie aber lächelte und half beim Freiräumen ihres Sitzplatzes. Noch waren die Schlafplätze nicht aufgeklappt, aber die Mädchen stritten schon, wer wo schlafen würde. Es ging um die linke oder die rechte Seite, dass es sich um den oberen Bereich handelte, bedurfte keiner Diskussion. Sie stritten auf Italienisch, die Mutter schlichtete auf Deutsch.

»Wir fahren zu den Großeltern nach München«, sagte sie »solange die Mädchen nicht zur Schule gehen.«

»Wir kommen aber bald zur Schule, wenn es wieder Sommer wird und wenn der dann vorbei ist!«

»Bist du Elena?«, fragte Charlotte.

»Nein, ich bin Sofia!«

»Elena, lass das bitte! Wie oft habe ich dir das schon gesagt!«

Es war dann Sofia, die lachte und sich ein Stofftier ins Gesicht drückte. Charlotte hätte ihr jetzt gerne ein Kreuz mit dem Kugelschreiber auf den Handrücken gemalt.

»Ich bin Sofia!«, nuschelte die hinter dem Plüschhasen.

»Und ich bin Charlotte!« Sie klopfte mit der flachen Hand auf ihren Brustkorb. »Und wie kann man euch unterscheiden? Gibt es etwas Klitzekleines, das ihr mir verraten könnt?«

»Elena wurde am Popo vom Storch gebissen, da ist ein roter Fleck. Aber wir können ja nicht dauernd ohne Unterhose rumlaufen.« Jetzt lachten beide Mädchen und hauten ihre Stofftiere zu einem Give-me-five aufeinander.

»Elena hat einen roten Gummiring im Haar und Sofia einen blauen. Ich brauche auch kleine Hilfsmittel, wenn es mal drunter und drüber geht. Ich heiße übrigens Anna. Wir leben in Rom. Mein Mann ist Römer. Ich habe in der ewigen Stadt früher mal Kunstgeschichte studiert.«

Jetzt lachten die beiden Frauen.

***

Alex wollte keine Kinder. Ich will nur dich, sagte er oft, und er wolle die Liebe, die er für sie empfinde, mit niemandem teilen müssen. Für Charlotte war es die schönste Liebeserklärung der Welt. Da war sie einundzwanzig Jahre alt und schlief das erste Mal mit einem Mann, mit ihrem Alex. Sie hatte sich aufgehoben, sich nicht weggeworfen, wie ihr Vater es nannte, der sie auch immer wieder darauf hinwies, in Geduld abzuwarten, denn das Gute käme irgendwann von selbst.

Das war dann in der Volkshochschule. ›Italienisch für Anfänger‹. Charlotte wollte sich sprachlich für eine Kochschule in Mailand vorbereiten; eine Krönung nach der Lehre.

Alex liebte Italien seit seiner Kindheit, die Folge der vielen Urlaube mit den Eltern. Damals ging es ihm nur um Sole, Mare und Gelati. Jetzt, mit fünfundzwanzig, sah er es an der Zeit, den Wortschatz zu erweitern, zumal er als Architekturstudent nicht mehr ausschließlich an Sonne, Meer und Eis interessiert war. Schon ab der zweiten Stunde setzte er sich neben Charlotte. Der grazile Hals habe es ihm angetan. Dieser Hals, der ein kleines Stück über den ästhetischen Rand hinausgewachsen schien, dem sie den Beinamen ›Giraffe‹ verdankte, war plötzlich für ihre große Liebe verantwortlich.

»Sind wir schon da?« Es war Elena, die fragte. Charlotte sah das rote Haargummi.

»Das ist Orvieto. Wir sind noch nicht einmal eine Stunde unterwegs. Du weißt genau, dass wir die ganze Nacht durchfahren müssen. Das ist doch nicht das erste Mal.«

Für Charlotte war es das erste Mal.

9

Es war der Gestank nach Schwefel, der Paul den Blick vom Fenster nehmen ließ. Die alte Frau ihm gegenüber pellte ein hartgekochtes Ei.

»Paul, und wenn du Eier kochst, wenn du sie hartkochen möchtest, dann höchstens zehn Minuten. Kochst du sie länger, fangen sie zu stinken an wegen der Schwefelverbindungen zwischen Eiweiß und Eigelb!«

Das war das erste Gespräch, der erste Anruf seiner Mutter, nachdem er in der neuen Studentenbleibe in Ulm gerade mal die beiden Koffer abgestellt hatte.

Der Zug hielt und Paul las ›Rosenheim‹ auf dem Schild unter der Bahnsteig-Überdachung.

Zwei junge Italiener zogen die Tür zum Abteil stürmisch auf und riefen »Que schifo!«, wobei sich beide die Nase zuhielten. Dass es sich nicht um einen Abendgruß handelte, stand außer Frage. Sie warfen sich auf die gegenüberliegenden freien Plätze am Eingang, stopften ihre Lederjacken auf die Ablage über ihren Köpfen und versanken in ihren Handys. Ohne sich abzusprechen, rutschten beide etwas zur Seite und legten beim anderen die Füße auf den Sitz. Die steckten in schwarzen Sneakers mit offenen und herunterhängenden Schnürsenkeln.

Der älteren Frau, die sich gerade das letzte Stück vom Ei in den Mund stopfte, gefiel das gar nicht. Sie musste sich dazu nicht äußern und konnte langsam weiterkauen. Es reichte ein Blick.

Auch Elisabeth Pokatzky war eine Meisterin der wortlosen Kommunikation. Und sie wurde verstanden. Vom Gärtner, von der Putzhilfe, vom Postboten und manchmal war es sogar Herr Dahlhaus, der ihren Blick mit einem Nicken parierte, wenn sie den Geschäftsräumen der Firma einen Besuch abstattete. Und auch mit Paul musste sie nicht diskutieren, wenn er um ein Adidas-Sweatshirt bettelte, versuchte, sie von Jeans zu überzeugen oder wenn er den Frisörbesuch nicht antreten wollte.

Die Frisörbesuche. Er hatte längere Haare haben wollen, so wie seine Klassenkameraden.

Heutzutage konnte es offensichtlich nicht kurz genug sein. Die beiden Italiener hatten kurzrasierte Köpfe, schauten aus wie die meisten gutbezahlten Profifußballer. Nur noch oben auf der Schädeldecke ein bis zwei Zentimeter Resthaar und das gerne gescheitelt. Alles nur eine Frage des Trends. Paul überkam das Gefühl, sein bisheriges Leben am Trend vorbei gelebt zu haben. Er hatte nie dazugehört. Das war für ihn das Schlimmste. Nicht dazuzugehören. Wie häufig hatte er geweint, wollte auf alle Geburtstags- und Weihnachtsgeschenke verzichten, wollte nur so ausschauen wie die anderen.

»Du bist ein Pokatzky«, war die Antwort seiner Mutter immer wieder gewesen, »du bist nicht wie die anderen.«

Da fing Paul an, sich unterschiedliche Namen zu geben. Bernd Schröder. Klaus Müller. Uwe König. In Selbstgesprächen redete er sich mit diesen Neuschöpfungen an. Er setzte sie in seinen Büchern unter *Dieses Buch gehört ...* und einmal schrieb er *Uwe König* auf sein Deutschheft. Herr Neudorfer, sein Klassenlehrer in der Grundschule fragte ihn, warum er das gemacht habe, man könne nicht so einfach seinen Namen ändern.

Auch wenn es nicht einfach sei, fragte Paul, wie schwierig es denn wäre und was er machen müsse, um es tun zu können.

Seine Mitschüler lachten, aber das war er gewohnt. Herr Neudorfer sagte, dass es da nichts zu lachen gebe und morgen würde er das Thema im Sachunterricht besprechen. So erfuhr Paul, dass es einen wichtigen Grund geben müsse. Zum Beispiel, wenn der Name lächerlich sei wie Hinkefuß, Krautwurm, Durchdenwald oder Gurke. Die Klasse tobte und der Lehrer hatte Schwierigkeiten, wieder Ruhe hineinzubringen. Auch seelische Belastung könnte ein Grund sein, fuhr er fort. In diesem Fall müsse man eine Bescheinigung vom Psychiater vorlegen. Es gebe aber auch Nachnamen, die ganz kompliziert klingen, und die Betroffenen keine Lust mehr hätten, die Schreibweise oder Aussprache zu erklären.

Paul fand, dass bei ihm gleich zwei Gründe vorlagen: die seelische Belastung und das Komplizierte. Allerdings wusste er nicht, wo er die tausend Mark hernehmen sollte, die so etwas kosten würde.

10

Charlotte blätterte in der Frauenzeitschrift und ärgerte sich über das kleine Beiheft mit den Tipps zum Basteln und Dekorieren fürs Weihnachtsfest. Es halfen weder die Kürbisrezepte noch die warmen Herbstfarben in der aktuellen Ausgabe, ihren Groll zu mindern.

Warum lässt man uns nicht mit der Gegenwart die Zeit verbringen, die ihr zusteht? Immer schnell weiter, obwohl das andere noch nicht vorbei ist!

»Mamma, abbiamo fame!«

Die Mädchen waren hungrig, die Mutter mahnte sie zur Geduld. Wenn der Zug in Arezzo angekommen sei, dürften sie sich beim Bordservice etwas bestellen.

Charlotte verfügte über jede Menge Geduld. Die war ihr anerzogen worden. Auf etwas zu warten oder etwas zu ertragen war für sie ein Kinderspiel.

Die Einsamkeit, die in den langen Wintermonaten immer mehr Raum einnahm, wurde zur Herausforderung für ihre Charakterstärke, auf die sie so stolz war. Charlotte hatte sich vom Winter im Süden mehr Milde erhofft. Hatte sie früher ungestillte

Sehnsüchte fast masochistisch ausgekostet, sehnte sie sich jetzt nach Erfüllung. Sie sehnte sich wieder nach einem Mann an ihrer Seite.

Der Zug hielt in Chiusi.

»Mama ... Hunger!« Die Zwillinge hüpften auf ihren Sitzen, als die Tür aufgezogen wurde und ein Mann in weißem Hemd und weinroter Weste die Speisekarten hereinreichte.

»Na des geht oba net, hier umadumspringen wie auf an Trampolin!« Der österreichische Akzent und das Lächeln nahmen die Strenge aus der Beschwerde.

Ich hätte nicht gelächelt, dachte Charlotte und sie fand, dass Anna schon längst hätte eingreifen müssen.

Die Mädchen rutschten auf ihren Sitzen schuldbewusst zusammen und wurden erst wieder lebendig, als der Mann vom Bordservice verschwunden war und die Mutter ihnen vorlas, was es alles gab.

Zweimal Roastbeef auf Belugalinsen, ein Schinken-Käse-Panino mit Ketchup und Tramezzini mit Hähnchen.

Charlotte gönnte sich zu ihrem Roastbeef ein Glas Merlot, wohlwissend, dass die Qualität mehr der Schlafvorbereitung diente als irgendeiner Gaumenfreude.

Auf dem Kapuzenshirt von Sofia gab es umgehend Ketchupflecken, weil sie sich beim Öffnen des Tütchens nicht helfen lassen wollte, und Elena heulte, weil die Tramezzini nicht wie zu Hause schmeckten. Das konnten sie auch nicht, zwischen den Toastbrotscheiben befand sich Tikka-Hähnchen. Das hatte die Mutter übersehen, dafür aß Elena jetzt das Roastbeef und Anna Indisch zu Belugalinsen.

Charlotte freute sich über die Ketchupflecken, die waren einem blauen Haargummi eindeutig überlegen, ärgerte sich aber auch etwas über Sofias Ungeduld. Alles eine Frage der Erziehung.

***

Alex zeigte Charlotte das Grundstück, auf dem das Traumhaus, sein Architektenhaus, stehen sollte. Da waren sie drei Jahre verheiratet. Die Liebe hatte ihre Größe noch nicht verloren und parallel wuchs bei Charlotte der Wunsch nach Kindern. Dem wollte Alex nicht nachgeben und er verkleinerte die Anzahl der Zimmer auf den Plänen zugunsten großer Räume.

Die Küche bekam eine Kochinsel, die von viel freier Fläche umspült wurde, und Charlotte einen

Kuss, der über allem die Schmetterlinge flattern ließ.

Das konnte Alex gut: Schmetterlinge flattern lassen. Immer wieder. Und Charlotte wähnte sich im Dauerglück.

11

»Ciao Bella!«, rief einer der beiden Italiener, als in Salzburg das große dunkelhaarige Mädchen mit dem Rucksack und einem Koffer die Nummern der Sitzplätze außen an der gläsernen Wand des Abteils studierte. Der andere der beiden schaute von seinem Handy auf und zog die Schiebetür beiseite.

»C'è un posto disponibile«, sagte er und deutete auf den freien Platz.

Sie sei auf dem Weg nach Rom, wo es eine Stelle als Au-Pair antreten würde, sagte sie und dass ihr Sitzplatz im nächsten Abteil sei, sie aber das Angebot annehme wegen der Kurzweil auf der langen Strecke. Die Jungen nahmen die Füße von den Sitzen und verstauten Rucksack und Koffer, woraufhin sie ›molto grazie‹ sagte. Diesen Worten des Dankes folgten weitere Worte. Das Mädchen setzte ein, was vom Schulunterricht noch vorhanden war und die beiden ›ragazzi‹ überschlugen sich vor Eifer, die Konversation am Laufen zu halten. Die Stimmen wurden immer lauter, es wurde viel gelacht, Hände gestikulierten in der Luft und landeten nicht selten auf einer fremden Schulter.

Die alte Frau schaute aus dem Fenster, obwohl es bei der Dunkelheit nichts zu sehen gab. Paul ärgerte sich über die vielen Mitreisenden, er hatte nicht damit gerechnet, dass der Sitzwagen in solch einem Umfang frequentiert werden würde. Alles potentielle Zeugen! Aber er beobachtete auch voller Neid die wachsende Vertrautheit unter den Jugendlichen, die sich zwischen Salzburg und Schwarzach in weniger als einer Stunde zu einer Selbstverständlichkeit entwickelt hatte.

***

Obwohl Paul mit dem Wechsel zum Gymnasium den Polacken-Paule hinter sich lassen konnte, gab es auch dort keinen besten Freund.

Rolf Schröder war in der Grundschule vielleicht so etwas wie ein bester Freund. Ein heimlicher Freund, weil die Mutter den Umgang verboten hatte.

»Mit Proleten gibt sich ein Pokatzky nicht ab!«

Rolf war immer an seiner Seite, wenn es für Polacken-Paule eng wurde. Dann schlug er zu. Rolf prügelte sich gerne und irgendwie ahnte Paul, dass er nur als Vorwand diente, damit Rolf sich austoben konnte.

»Ich hab den Paul verteidigt, die haben ihn geärgert.«

Paul war stolz auf seinen starken Freund, den alle fürchteten. Er selbst war ein schwaches, ein zierliches Kind. Ein Kind, dem jegliche Anstrengung untersagt wurde. Wegen der beiden Herzinfarkte in der Familie fürchtete Elisabeth Pokatzky ein genetisch bedingtes Risiko.

Fußball stand nie zur Diskussion, das Fahrrad bekam er in dem Jahr, als er zum Gymnasium kam. Erst als er die achte Klasse besuchte, durfte er damit zur Schule fahren.

Und er durfte in den Schwimmverein. Das hatte der Hausarzt empfohlen, denn der kleine Paul schien mit dem Wachsen nicht aufhören zu wollen und da seien ein paar Muskeln ein unerlässliches Beiwerk.

»Beim Schwimmen kannst du dir wenigstens keine Knie aufschlagen«, sagte seine Mutter und strich ihm die Haare zur Seite, als er mit der Sporttasche zum ersten Mal aufbrach.

Im Schwimmverein gab es auch Mädchen und Paul war der Einzige, der sich nicht traute, die kreischende Meute vom Beckenrand ins Wasser zu stoßen. Aber er traute sich, seiner Mutter zu sagen, dass er wieder in seinem Bett schlafen wolle.

Das war an dem Tag, als er beim Vierhundert-Meter-Schmetterling den ersten Platz belegte.

12

Kurz vor Florenz kam der Mann vom Bordservice ins Abteil und sammelte die Tabletts ein. Charlotte las *Tobias Wallner* auf dem Namensschild, das sich links in Brusthöhe auf der Weste befand. Er könne auch schon die Liegeflächen herunterklappen, für die Trampolinspringerinnen sei sicherlich bald Bettgehzeit.

»Oh ja«, schrien Elena und Sofia unisono. Die Begeisterung bekam jedoch einen ordentlichen Dämpfer, als die Mutter sowie auch Wallner davon überzeugt waren, dass die unteren Liegeplätze die kindgerechteren seien, wegen der Fallhöhe.

Zur Befriedung schenkte er beiden je ein Säckchen mit Schlafmaske, Ohrstöpsel, Erfrischungstuch und Wegwerfhausschuhen. In der Regel ein kleines Extra für den Schlafwagenkunden, dem damit das Reisen angenehmer gemacht werden sollte.

Charlotte musste als Liegewagenkundin für den Satz Ohrstöpsel zwei Euro und fünfzig Cent bezahlen. Es war ein unbestimmtes Bauchgefühl, das sie diese Investition tätigen ließ.

Elena und Sofia schlurften mit Zahnbürste und Zahnpasta in den viel zu großen Einmalhausschuhen in Richtung Bad am Ende des Waggons. Die Schlafbrillen hatten sie auf Stirnhöhe geschoben und die Ohrstöpsel verhinderten wohl das Eindringen der mahnenden Worte der Mutter. In der Zwischenzeit wurden Decken und Kopfkissen gebracht. Anna machte die Betten für sich und die Kinder und Charlotte richtete sich oben auf der rechten Seite ein.

Die Mädchen kamen zurück und Sofia heulte, weil sie einen Ohrenstöpsel verloren hatte. Während sie getröstet wurde, turnte Elena auf der Leiter, die zu den oberen Schlafplätzen führte. Charlotte wollte sie warnen, dass das mit diesen Schuhen keine so gute Idee sei, aber da rutschte sie schon nach unten und lag, ebenfalls heulend, vor Charlottes Füßen.

Das wäre jetzt der Moment für die Ohrstöpsel, dachte Charlotte, entschloss sich aber, einen an Sofia abzutreten und betrachtete es als Teilerfolg.

Wenn ich Kinder gehabt hätte, dachte Charlotte, würde ich jetzt nicht in diesem Zug sitzen. Es gäbe keinen Grund, nach Ulm zu fahren, um nach einem Dirk Kessler zu suchen.

Sie hätte kein Bed & Breakfast in absoluter Alleinlage in Italien. Sie wäre nicht allein, selbst ohne Alex wäre sie das nicht, denn da wären Kinder gewesen.

Aber Alex hatte sie allein zurückgelassen.

***

Die Polizei stand an einem nasskalten Aprilnachmittag zusammen mit einem von Alex' Kollegen vor der Eingangstür des Traumhauses. Der Kopf des Kollegen hing wie eine welke Blume nach unten, während die beiden Polizisten sich in aufrechter Haltung von Charlotte bestätigen ließen, dass sie Frau Horn sei.

Es war dann wie im Film. Die Übermittler der traurigen Botschaft wurden reingelassen, man nahm im großzügigen Wohnzimmer Platz und es wurde mitgeteilt, dass Herr Alex Horn auf der Baustelle einen tödlichen Unfall hatte.

An dieser Stelle riss bei Charlotte der Film und sie kam erst wieder zu sich, da waren die Polizisten schon weg, der Kollege aber noch da.

Der erzählte ihr dann, dass sich beim Versetzen von Gewichtsplatten eine vom Kran gelöst hatte und in diesem Moment sei ihr Mann …

Charlotte wollte keine weitere Erläuterung. Nur beim Gedanken an die ›Helmpflicht‹ huschte ein bitteres Lächeln über ihr verweintes Gesicht.

13

Die beiden Italiener bestellen sich zwei Käse-Schinken-Panini von der Bordmenükarte, das Mädchen holte belegte Brote aus seinem Rucksack und die alte Frau schälte sich eine Apfelsine. Auch Paul verspürte plötzlich Hunger. Wann hatte er zuletzt gegessen? Das war Stunden her. Schweinekrustenbraten mit Rosenkohl und Kartoffelpüree.

***

Bei seiner Mutter. Zehn Minuten zu Fuß wohnten sie voneinander entfernt. Elisabeth Pokatzky ließ damals nichts unversucht, ihren erwachsenen Sohn zu überreden, mit ihr in die Etagenwohnung zu ziehen, nachdem man die Villa verkaufen musste, um die Firma nicht zu verlieren.

Paul hatte zwei ausländische Großkunden eingebüßt und überhaupt hatte er kein gutes Händchen für ›POKATZKY & SOHN‹.

»Du bist ja nicht einmal in der Lage, für den SOHN zu sorgen! Wir sollten den Firmennamen ändern«, schrie seine Mutter, als Paul ihr an diesem

Nachmittag die aktuellen Geschäftszahlen im Wohnzimmer mit den hinübergeretteten Chippendale-Möbeln vorlegte.

Es war nicht gewollt. Pauls Hand erhob sich von der Damast-Tischdecke und landete mit Wucht auf der rechten Wange seiner Mutter. Danach stand er auf und schlug mit beiden Händen zu. Mit Links auf die rechte Seite, mit Rechts auf die linke Seite. Immer wieder. Auf die Schreie der Mutter hörte er nicht, erst als sie auf dem Boden lag, bemerkte er, dass kein Ton mehr aus ihr herauskam. Das gefiel ihm. Er zog sie auf den Stuhl zurück und weil sie immer wieder nach vorn kippte, verschränkte er ihre Arme auf dem Rücken, zog sich mit einer Hand die Krawatte über den Kopf, grüne Seide mit einer eingestreuten Stickerei aus kleinen goldenen Lilien – das letzte Weihnachtsgeschenk seiner Mutter, und verschnürte die Hände an der schnörkeligen Verstrebung der Stuhllehne.

»Mama, warum habe ich keinen Sohn, hm? Weil ich keine Frau habe, Mama! Und warum habe ich keine Frau? Du hältst jetzt mal die Schnauze!«

Das tat Elisabeth Pokatzky seit ein paar Minuten, leblos und mit hängendem Kopf. Paul brüllte weiter auf sie ein, warf ihr sein verpfuschtes Leben vor, ihren Leistungsdruck, ihr Geltungsbedürfnis, die

Lieblosigkeit und Dominanz. Wie gerne hätte er Kinder gehabt, eine Frau, eine eigene Familie. Ja, und er hatte kürzlich eine Frau kennengelernt, eine, die er nie mehr verlieren wollte, dann aber doch verlor, und wieder nur wegen ihr. Wegen Mutter!

»Du bist eben ein geborener Verlierer«, nuschelte Elisabeth Pokatzky, die ihren Kopf kurz anhob und das Lachen einer Hexe hinterherschickte.

Paul Pokatzky fand sich auf dem Fußboden sitzend wieder. Er starrte auf seine blutverschmierten Hände, schaute dann nach oben und erbrach sich unmittelbar auf den Orientteppich, den er als Kind nur mit Strümpfen betreten durfte. Blut klebte nicht nur an seinen Händen, es war überall und besonders dort, wo seine Mutter saß. Ihr Kopf lag im Nacken, der Mund stand sperrangelweit offen. Eine dunkle leere Höhle, die von einem Korken, der zwischen den oberen und unteren Backenzähnen der rechten Seite klemmte, am Schließen gehindert wurde. Auf dem Schoß lag die Zunge, das Messer, mit dem sie den Braten am Mittagstisch geschnitten hatte, vor ihren Füßen.

Paul Pokatzky heulte auf wie ein verwundetes Tier. »Was habe ich getan? Was habe ich nur getan!« Er trauerte nicht um seine Mutter. Er trauerte um seiner selbst willen. Lange saß er einfach nur da und starrte vor sich hin. Die Gedanken zwängten sich in eine Einbahnstraße, es gab nur eine Richtung, wenden wäre gegen die Regel.

Ganz langsam erhob er sich, ging ins Badezimmer, wusch sich die Hände und das Gesicht. Dann rauchte er auf dem Balkon eine Zigarette. Er zog den Rauch tief in seine Lungen hinein und blies ihn ohne Unterbrechung wieder hinaus, bis er seine Bauchmuskulatur spürte. Das machte er so lange, bis alle zehn verbliebenen Zigaretten aus der Packung aufgebraucht waren. Er knüllte die Schachtel zusammen und warf sie in den großen Topf mit der Hortensie, deren trockene braun-beige Blüten auch im abgestorbenen Zustand noch in der Lage waren, Leben vorzutäuschen.

Es war die Stimme seiner Mutter, die ihm befahl, die Zigarettenpackung aus der Pflanze zu nehmen. Paul gehorchte. Er ging in die Küche, warf sie in den Treteimer aus Edelstahl und dachte, dass auch sein Leben nur noch für die Mülltonne sei.

In dieser Stimmung wählte er die Nummer der Polizei.

14

Der Zug hielt in Florenz und Anna bat Charlotte, einen Moment ein Auge auf die Kinder zu haben. Sie wollte den sechzehnminütigen Aufenthalt für eine Zigarettenpause nutzen.

Charlotte blätterte gerade in ›La cucina italiana‹ und fragte die Mädchen nach ihren Lieblingsgerichten.

»Spaghetti mit Tomatensoße!« Sofia musste offensichtlich nicht lange nachdenken, wogegen sich Elena nicht entscheiden konnte.

»Also eigentlich mag ich Pfannkuchen mit Nutella am liebsten, aber Mama sagt, das ist kein richtiges Mittagessen.« Da hat die Mama recht, dachte Charlotte.

»Das ist auch kein Mittagessen, das ist wie Kuchen essen«, rief Sofia nach oben.

Beide lagen unten in ihren Betten und ließen die Köpfe über den Rand hängen, um Charlotte besser sehen zu können, die von ihrem Schlafplatz herabschaute.

»Dann mag ich eben am liebsten Pommes frites!«

»Aber das ist auch kein richtiges Mittagessen, das

isst man doch nur dazu! A te piacciono le cozze, non è così?«

Sie lachten und rutschten ein gefährliches Stück weiter nach draußen. Charlotte wollte sie warnen, dass es gefährlich sei, was sie gerade taten.

»Kotze ist auf Deutsch was ganz anderes! Das kann man nicht essen.« Jetzt waren sie nicht mehr zu halten. Elena fiel prustend aus dem Bett und Sofia warf sich kreischend dazu.

»Cozze sind Muscheln!«, riefen sie unisono mit den Händen auf den Bäuchen und wälzten sich auf dem grauen Bodenbelag, wobei Charlotte an die Hygiene dachte.

»Ich weiß, dass Cozze Muscheln sind. Genau gesagt sind es Miesmuscheln. Dein Lieblingsgericht sind also Miesmuscheln.« Sie beugte sich weiter nach unten und fragte sich, ob sie sich als Kind jemals so amüsiert hatte.

»Ja, ich mag ganz miese Muscheln!«

Miese Muschel, Cozze und Kotze …, Charlotte wollte den Kindern noch erzählen, dass sie Köchin von Beruf gewesen war, aber da war nichts mehr zu machen.

Der Fäkalhumor war für den Ausnahmezustand verantwortlich, sie nicht. Das wollte sie Anna auch so erklären, als die den unverwechselbaren Geruch einer schnellen Zigarette ins Abteil brachte und fassungslos auf ihre Kinder starrte.

»Ich hatte sie nur nach ihrem Lieblingsgericht gefragt!«

Der Zug setzte sich wieder in Bewegung. Elena und Sofia durften sich auf dem Laptop einen Film anschauen.

»Zum Runterkommen«, sagte Anna, die sich auf den Gang zurückzog, um mit ihrem Mann zu telefonieren.

Charlotte sah nur Annas Mundbewegungen. Die Stimmen vom Laptop wirkten wie eine falsche Synchronisation. Anna lachte, schloss die Augen, schüttelte den Kopf, fuhr sich durch die kastanienbraunen Haare und schaute auf ihre Fingernägel.

Charlotte löschte auf ihrem Handy ›Alex Büro‹, ›Alex Mobile‹ und ›Alex Home/Festnetz‹.

Nach fast acht Jahren.

***

Seit die Polizei bei ihr gewesen war und bis zum Tage der Beerdigung hatte es fast ununterbrochen geregnet. Aufgespannte schwarze Schirme forderten zwischen den Trauernden einen gewissen Abstand, und so machte die Gemeinde einen zahlreicheren Eindruck, als es der Wirklichkeit entsprach. In vorderster Reihe die Eltern von Alex und Charlotte, dann die Kollegen aus dem Architekturbüro, der Polier von der Baustelle, die Nachbarn Kretschmar und Seifert und Frau Lombardi, die Italienischlehrerin der Volkshochschule, bei der sie seit drei Jahren Privatunterricht nahmen. Dahinter eine anonyme Menge, so anonym wie all die Beileidsbekundungen und Anteilnahmen. Wer nimmt sich hier welchen Anteil? Und was ist mir geblieben? Charlotte fand in ihrem Zustand diesen Begriff absurd. Genauso wie das Beileid. Klang in ihren Ohren wie Beilage, was keinen Sinn mehr machte. Es gab kein Hauptgericht mehr.

All die Tage nach dem tragischen Unfall ließ Charlotte apathisch an sich vorüberziehen. Lediglich Schlüsselreize wie Hunger, Durst oder Müdigkeit lösten zweckmäßiges Verhalten aus.

Sie aß, sie trank, sie zog sich an und aus, sie ging zu Bett und sie stand am Morgen wieder auf.

Es war die Hand ihrer Mutter, die nach dem Ärmel ihres schwarzen Wollmantels griff, eher eine Berührung, die ausreichte, damit Charlotte nicht hintersprang, als der Sarg mit dem üppigen Blumenbouquet in die Tiefe gelassen wurde.

Ihre Eltern wollten sie mit dem Schmerz und der Trauer nicht allein lassen, boten an, ein paar Tage zu bleiben oder sie mit nach Hause zu nehmen. Ihr Zimmer stünde allzeit zur Verfügung und der Vater sagte, es sei schade um Alex, der hätte gepasst.

Charlotte schickte die Eltern weg. Sie wollte allein sein, die zurückgelassene Liebe spüren, die so absolut, so stark, so vollkommen, so leidenschaftlich, so einzigartig war. Wie ein Phantom befand sich diese Liebe in den großzügigen Räumen, in denen sie sich zu verflüchtigen drohte wie der Duft eines teuren Parfums.

Die Entscheidung kam über Nacht.

Ein Leben ohne Alex, aber mit viel Erinnerung. Die ließe sich am besten in Italien konservieren, in dem Land, von dem sie gemeinsam träumten, dessen Sprache sie liebten, wo ihre Ehe mit der Hochzeitsreise einen unvergesslichen Anfang nahm und wo man sich im Rentenalter niederlassen wollte.

Charlotte fuhr den Computer hoch und gab ›renovierungsbedürftige Immobilien Italien‹ ein. Dann aß sie nicht mehr, trank kaum etwas, zog sich nicht mehr aus und ging auch nicht ins Bett.

15

»Der ist auch morgen früh noch heiß«, sagte die alte Frau zu Paul und goss sich dampfenden Tee in den abgeschraubten Becher der Thermoskanne.

»Für die Rückreise habe ich mir den Liegewagen geleistet. Ich wusste, dass ich auf der Hinfahrt nicht schlafen kann. Ich bin so aufgeregt. Ich schaue mir den Papst an. Bevor ich sterbe, möchte ich Franziskus am offenen Fenster stehen sehen. Mittwochs spricht der Heilige Vater auch zu den Gläubigen auf dem Petersplatz, nicht nur sonntags, wie üblich. Mittwoch passt mir gut, denn sonntags spiele ich am Nachmittag Karten mit Frau Breivogel, Frau Helmer und Frau Grote. Die wären sauer, wenn ich nicht käme. Ich fahre gleich am Abend mit dem Nachtzug wieder zurück. Kein Hotel, kein Gepäck, keine Zusatzkosten. Und Sie? Wo fahren ...«

Der Mann vom Bordservice zog die Tür auf und brachte die beiden Käse-Schinken-Panini für die Italiener.

Paul bekam die Frankfurter Würstchen und das Mineralwasser, das er sich bestellt hatte. Er bezahlte und nahm noch zwei Fläschchen Jägermeister, weil ihm schon vom Geruch der Würstchen übel wurde.

»Andiamo fuori«, sagten die Italiener und auch das Mädchen ging mit nach draußen. Der Zug würde eine gute halbe Stunde in Villach stehen.

»Ich habe alles dabei.« Die alte Frau klopfte auf ihre Tasche.

Paul nahm seine Jacke vom Haken und verließ das Abteil.

»Füße vertreten.« Er nickte der alten Frau zu und schloss die Tür. Die Würstchen hatte er stehenlassen, trotz des Hungers konnte er sich Essen gerade nicht vorstellen. Rauchen würde gehen. Er suchte nach einem Kiosk. Die Zigaretten bezahlte er mit einem Zweihundert-Euro-Schein, den er nach langem Herumtasten aus seinen mit Geldbündeln vollgestopften Taschen zog.

»Na Servus! Ham'S des net kleiner?»

»Tut mir leid, das musste ich Ihrem Kollegen im Zug geben!«

***

Die beiden Polizisten, denen Paul die Wohnungstür unmittelbar nach dem Anruf geöffnet hatte, waren nach einem Blick auf seinen ausgestreckten Zeigefinger ins Wohnzimmer gegangen.

Nach einigen Worten des Entsetzens gab es einen dumpfen Schlag, dem der Ausruf »Ach, du Scheiße!« folgte.

Ein Ausruf, der auch bei Paul einen Ruck auslöste, und mit dem Nachhall dieser drei Worte im Kopf verließ er durch die immer noch offenstehende Tür die Wohnung seiner Mutter.

Zehn Minuten später zog er sich im eigenen Zuhause bis auf die Unterwäsche aus. Das weiße Hemd und den dunkelblauen Anzug, auf dem die Blutspuren nur schwer erkennbar waren, ließ er vor der geöffneten Schranktür auf dem Boden liegen. Jeans, T-Shirt und Pullover. Es musste schnell gehen. Fast hätte er sich noch nach dem Anzug gebückt, ein Reflex der anerzogenen Ordnungsliebe.

Das Geld.

Es befand sich im abschließbaren Hartschalenkoffer, der in der Abstellkammer stand. Große Scheine, gebündelt, monatlich von der Firma abgezweigt, über Jahre angesammelt. Es hatte ihm niemals als Zahlungsmittel dienen sollen. Es verschaffte Paul lediglich Genugtuung seiner Mutter gegenüber. Ein Racheakt, dessen Botschaft allerdings nie bei ihr ankommen konnte, weil sie davon nichts wusste. Für Paul aber fühlte es sich gut an. Über die Zeit kam eine beträchtliche Summe zusammen.

Nicht so groß, dass sie dafür verantwortlich war, warum es nicht sonderlich um die Firma stand. Der Firma ging es nicht gut, weil Paul keine Lust hatte, in die pokatzkyschen Fußstapfen zu treten. Dichtungstechnik und wirtschaftsorientiertes Handeln waren nicht das Terrain, in dem er aufblühen konnte.

Er verteilte die Bündel in seiner olivgrünen Jacke mit dem Pelz an der Kapuze und den vielen Taschen, deren Sinn er nie verstanden hatte, für diese er jetzt aber dankbar war.

Zum Bahnhof ging er zu Fuß, mit dem Laptop unterm Arm und den beiden ›ausgeweideten‹ Handys in den Taschen zwischen all dem Geld.

16

»È ora di andare a letto!«

»Aber wir sind doch schon im Bett!«

»Ich meine, dass Schlafenszeit ist. Computer zuklappen, jede in *ihr* Bett und Licht aus!«

»Aber ›Heidi‹ ist noch nicht zu Ende, das Heidi è in sonnambulo in Francoforte ... bitte, Mama!«

»Ihr kennt die Regel. Wenn ihr morgen weitergucken wollt, dann ist jetzt Feierabend.«

»Das ist gemein!« Sofia heulte kurz auf, schwieg aber schnell wieder.

Charlotte fand das nicht gemein. Sie saß angelehnt und mit eingezogenem Kopf auf ihrer Liege, hatte das Glas Merlot ausgetrunken und wäre dankbar für Ruhe im Abteil.

»Mama, was bedeutet das ›essere in sonnambulo‹?«

»Das heißt schlafwandeln, Elena.«

»Und was macht man, wenn man schlafwandelt?«

»Das passiert nachts, wenn man schläft. Dann steht man auf und läuft mit geschlossenen Augen in der Gegend rum.«

»Schlafwandle ich auch, Mama?«

»Nein, das tust du nicht.« Anna beugte sich über Elena und gab ihr einen Kuss.

»Und ich?«

»Du auch nicht, Sofia. So, und jetzt macht das Licht aus!«

Das war dann eine Einladung mit den Lampen zu spielen. Ein und aus, aus und ein und dazwischen Annas Drohungen. Das Licht blieb aus, nachdem Charlotte den Vorschlag machte, den netten Herrn Wallner vom Bordservice kommen zu lassen.

***

Charlotte fand noch einen Abholschein für die Reinigung in ihrem Portemonnaie. Hemden von Alex. Die konnten jetzt auch hierbleiben. Es war erstaunlich wenig, was sie zurücklassen musste, stellte Charlotte fest, nachdem sie den neuen Besitzern die Schlüssel zum Traumhaus übergeben und sich von den Nachbarn Kretschmar und Seifert verabschiedet hatte. Mit Frau Lombardi trank sie noch ein Glas Wein und rief ihre alte Schulfreundin Sibylle an, die es seit dem Studium nach München verschlagen hatte, und sagte, dass es von München nicht sehr weit in die Marken sei. Ihren Eltern hinterließ sie das Abreisedatum. Was sie vom Hausstand behalten wollte, wurde eingelagert. Der Rest, all das, was sie für den Start in ihr neues Leben brauchte, passte in Alex' Range Rover. Den wollte sie behalten, auch wenn sie die Ledersitze nicht mochte, die selbst nach zwei Jahren noch einen Geruch absonderten, von dem ihr übel wurde. Sie würde sich daran gewöhnen, so wie sie sich an vieles andere würde gewöhnen müssen.

17

Die alte Frau war eingeschlafen und wachte auch nicht auf, als die drei Jugendlichen mit wenig Rücksicht und einem Sixpack Dosenbier zurückkamen.

Paul saß schon seit einigen Minuten wieder auf seinem Platz und biss in ein Frankfurter Würstchen, nachdem er damit unentschlossen im Senf herumgerührt hatte. Langsam kauend legte er das Würstchen wieder aus der Hand, zerknüllte die Papierserviette, mit der er sich kurz über den Mund gefahren war und warf sie auf den kalt gewordenen Imbiss. Drei Bierdosen zischten, die Jugendlichen stießen mit einem ›cincin‹ an und Paul versuchte, die Ausgelassenheit zu ignorieren. Er nahm seinen Laptop und fing an, in den Posteingängen aufzuräumen. Wenn das alles Briefe aus Papier und Tinte gewesen wären … Er hob den Kopf und wollte mit seinen Gedanken in die Ferne schweifen. Aber sein Blick blieb an der alten Frau hängen, die jetzt mit offenem Mund schlief. Ein Rinnsal aus Speichel suchte sich den Weg über den linken Mundwinkel und endete tropfend auf dem Kragen ihrer braunen Bluse.

Paul schloss den Laptop und dann die Augen.

***

Swetlana lag auf dem Rücken und atmete durch ihren geöffneten Mund. Im Gegensatz zu Paul schlief sie tief und fest. Er starrte auf die nackte Frau, deren Akne-Narben im diffusen Licht der Stehlampe, über deren Schirm ein fliederfarbenes T-Shirt hing, wie weggewischt waren.

Das letzte Mal, dass er im Bett neben einer Frau, seiner Mutter, gelegen hatte, war nach dem Siegestaumel, der ihm sogar den Mut einräumte, mit nassen Haaren nach Hause zu kommen, und der auch noch ausreichte, wieder auf sein eigenes Bett zu bestehen. Paul dachte an seine Mutter, an ihren offenstehenden Mund, über den er sich als kleiner Junge amüsierte, wenn er vor ihr aufwachte und das erste Morgenlicht durch die Lücke zwischen den Vorhängen drang. Irgendwann aber fing er an, die Augen so lange geschlossen zu halten, bis seine Mutter aufstand, mit beiden Händen den schweren Samtbrokat zur Seite schob und »Paul, aufstehen!« rief.

Swetlana war Russin und studierte internationale Energiewirtschaft im dritten Semester. Paul war ganz neu in Ulm und glücklich, dass er keinen Studienplatz für Wirtschaftsingenieurwesen in Karlsruhe bekommen hatte. Den gab es in Ulm, und Ulm war weit genug von Karlsruhe entfernt, um ein Pendeln auszuschließen.

Er reagierte nicht, als sie ihn küssen wollte, daraufhin biss Swetlana ihn in die Unterlippe. Paul sagte »Aua« und dann war der Weg für sie frei. In der Theorie wusste er Bescheid, die Praxis fand er abstoßend. Er ging dann trotzdem mit ins Studentenwohnheim auf ihr Zimmer, nachdem sich Swetlana auf der Uni-Party ausgetanzt hatte. Die Ängste reichten offensichtlich nicht aus, ihn daran zu hindern.

»Swetlana will das so, und Swetlana bekommen immer, was will!« Sie stehe auf große hellblonde Jungs, sagte sie mit hartem russischem Akzent und warf sich gegen die Tür. Die ließ sich nicht ganz öffnen. Über den Grund stolperte Paul fast und seine Mutter hätte keine Worte dafür gefunden. Wenn sie sich über seinen ›Saustall‹ aufregte, dann waren das der Schlafanzug, der auf dem Boden lag, oder die Bücher, die nicht im Regal standen, der Teller mit der Orangenschale in seinem Zimmer oder die Sportsachen, die in die Schmutzwäsche gehörten.

Nicht selten ärgerte sich Paul über den maßlosen

Ordnungssinn seiner Mutter, aber dieses Chaos war selbst ihm zu viel. Er wollte gehen, auch weil er gar nicht wusste, wo er sich hätte hinsetzen sollen, aber da fing Swetlana schon an, ihn auszuziehen. Obwohl er nicht wollte: er hob trotzdem die Arme hoch, so wie er es als Kind bei seiner Mutter tat, bevor er zum Zähneputzen im Badezimmer verschwand. Da er aber kein Kind mehr war und einen guten Kopf größer als Swetlana, musste er sich nach vorn beugen. Sweatshirt und Unterhemd landeten dort, wo sich auch schon so vieles andere angehäuft hatte. Die Hose zog sie ihm, so weit es ging, nach unten, die Schuhe blieben an. Während er bemüht war, seine Scham zu überspielen, entledigte sich Swetlana ihrer Kleidung. Sie schob Paul zu dem ungemachten Bett, auf das er schon deswegen fiel, weil die runtergelassene Hose ihn aus dem Gleichgewicht brachte. Sie warf sich auf ihn und suchte seinen Mund, wobei er sich nicht noch einmal auf die Unterlippe beißen lassen wollte. Er ertrug, was er nicht mochte, ließ sich küssen und schob auch seine Zunge in Swetlanas Mund. Tat, was von ihm erwartet wurde, nur sein Körper reagierte nicht so, wie er es tat, wenn er mit ihm allein war.

»Macht nix«, sagte Swetlana mit einem kratzigen ›ch‹ und schlief ein.

Paul suchte seine Sachen zusammen, zog sich an und die Tür hinter sich zu.

Kordula lernte er in der Kneipe kennen, die um die Ecke seiner Studentenbude lag. Sie bediente dort, und nach Feierabend setzte sie sich gerne zu Paul. Der war meist in seinen Laptop vertieft und bemerkte gar nicht, dass er der letzte Gast war, obwohl er zu ›Onkel Karl‹ ging, um nicht allein in seiner Wohnung zu sitzen. Kordula wohnte zwanzig Minuten zu Fuß von ihrer Arbeitsstelle entfernt. Es wäre praktischer gewesen, zu Paul zu gehen. Ihm aber war es wichtig, gehen zu können, wann er wollte.

Er wollte immer gehen. Nicht ein einziges Mal blieb er über Nacht bei Kordula und das fand sie seltsam und irgendwann unerträglich. Er ging dann auch nicht mehr zu ›Onkel Karl‹.

Sabine gehörte zur Leistungsgruppe im Schwimmverein. Sie konnte sich am hochgewachsenen Paul mit den breiten Schultern und den schmalen Hüften nicht sattsehen, hatte aber bald genug von seinem Verhalten. »Wenn du jedes Mal wegläufst, brauchst du auch gar nicht mehr zu kommen!«

Daniela hörte nicht auf zu drängeln, seine Wohnung sehen zu wollen. Katja, Andrea, Ulrike. Ein Malheur, wie bei seinem ›ersten Mal‹ mit Swetlana ist ihm nicht mehr passiert, die Abneigung gegen das Küssen allerdings blieb. Überhaupt ging Paul mit Zärtlichkeiten sehr sparsam um. Er wollte möglichst schnell zum Ziel kommen. Wie beim Schwimmen. Und dann nach Hause.

18

Der Zug hielt in Bologna. Charlotte schaute auf die Uhr. Es war zwanzig vor elf. Die Zwillinge schliefen und auch Anna schien zu schlafen, zumindest waren ihre Augen geschlossen und ihr Atem ging regelmäßig. Die nächste Etappe war die längste, bis Tarvisio würde es vier Stunden dauern. Auch sie hoffte, bald einschlafen zu können, blätterte aber vorher noch in der italienischen Gartenzeitschrift und dachte an Dirk. Er hatte ihr all die wuchernden Ableger der großen Agave ausgegraben, die hinten in der Ecke am Schwimmbecken stand. Er tat es mit nacktem Oberkörper, denn die Sonne hatte noch Kraft, obwohl der Oktober langsam zu Ende ging. Fasziniert beobachtete sie das Muskelspiel, wenn er den Spaten in die Erde rammte und wieder nach oben stemmte. Diese Muskeln hatte sie berühren dürfen, und weil sie das auch in Zukunft machen wollte, war sie auf dem Weg nach Ulm. Sie würde ihn finden.

***

»Una propaggine del mio giardino.«

Die kleine Agave hatte ihr Luca Rossetti aus seinem Garten mitgebracht. Da war der Aushub für das Schwimmbad schon auf dem Grundstück verteilt. Er zeigte Charlotte den besten Platz, wo niemand mehr während der Bauphase herumtrampeln würde. Calpestare – herumtrampeln. Charlotte musste das Wort nachgeschlagen. Es gefiel ihr. Weniger gefiel ihr, dass Luca so häufig auf der Baustelle auftauchte. Selbst wenn alle Bauarbeiter schon nach Hause gegangen waren, schaute er noch mal nach dem Rechten. ›Sopraluogo‹. Mit einer Flasche Wein, Käse und Salami. Es gab keine Frau, die etwas hätte dagegen haben können. Luca war Mitte dreißig und lebte noch bei seiner Mutter.

Er würde gerne mit ihr die Agave großwerden sehen. Darauf konnte Charlotte nichts sagen. Inhaltlich. Sprachlich kam sie sehr gut zurecht, dank Frau Lombardi. Alex und sie waren fleißige Schüler gewesen. Nicht selten führten die beiden Vokabelwettkämpfe aus. Unterwegs im Auto, während der Spaziergänge, beim Abendessen, nach den Spätnachrichten und manchmal sogar nach dem Sex. Wenn er gewann, freute er sich nicht. Er ärgerte sich, dass Charlotte nicht gut genug war, um zu gewinnen. Darüber wiederum ärgerte sie sich nicht, im Gegenteil, es gab ihr ein Gefühl von geschenkter Aufmerksamkeit. Davon konnte sie von Alex nicht genug bekommen. Sie war wer. Sie war wichtig für ihn. Das machte sie glücklich.

Und weil sie so glücklich war, drückte das Unglück besonders. Da gab es keinen Platz für Luca Rossetti. Das sagte sie ihm nicht, aber sie setzte Grenzen mit gelegentlichen Übertretungen. Ein paar Küsse und Umarmungen, die möglicherweise länger dauerten, als dass man sie freundschaftlich hätte nennen könnte.

Charlotte rutschte die Zeitschrift aus der Hand und fiel raschelnd zu Boden. Zwei Züge fuhren aneinander vorbei und der schmerzhafte Druck auf den Ohren ließ erst nach, als sie sich mit einem Ruck wieder voneinander verabschiedeten. Der Blick auf die Uhr sagte ihr, dass sie geschlafen haben musste. Es war zwei Uhr zehn.

19

»Benvenuta nel nostro paese!«

Einer der beiden Italiener griff nach den letzten Bierdosen, verteilte sie und sie stießen auf Italien an. Der Zug hielt in Tarvisio und würde erst in sechzehn Minuten weiterfahren. Das nutzten die Jugendlichen für eine Zigarette. Auch Paul ging auf den Bahnsteig und gönnte sich gleich zwei Zigaretten. Bis Bologna würde der Zug fast vier Stunden ohne Stopp unterwegs sein.

Mit einem Seufzer ließ er sich zurück auf seinen Sitz fallen.

»Ich habe in meinem ganzen Leben noch keine Zigarette geraucht.« Die alte Frau war aufgewacht und Paul hätte sie gerne auf die Speichelspur an ihrem Kinn aufmerksam gemacht, stattdessen wischte er über sein eigenes.

Die beiden Italiener und das Mädchen schauten sich ein Musikvideo auf dem Smartphone an und die alte Frau wiederholte, mit Blick auf die Jugendlichen, dass es in der Tat nicht eine einzige Zigarette gewesen wäre.

Paul lehnte seinen Kopf gegen das Fenster und erinnerte sich an seine erste Zigarette. Da war er in der Oberprima und wollte sich in den Pausen in der Raucherecke aufhalten. Bei den Coolen. Aber hauptsächlich wegen Gabi. Er kaufte sich ihre Marke, damit er ihr eine anbieten konnte, wenn sie nach Zigaretten fragte. Gabi fragte ihn häufig danach. Mehr wollte sie leider nicht.

Der alten Frau gegenüber waren wieder die Augen zugefallen, und weil er sich unbeobachtet fühlte, taxierte er sie mit einem abwertenden Blick. Den Papst will sie sehen, bevor sie stirbt. Aha.

Seine Mutter wollte nie den Papst sehen und jetzt geht das auch nicht mehr. Sie war tot, umgebracht von ihm. Er wunderte sich, noch immer nichts von einem schlechten Gewissen zu spüren. Da war nichts, was schwer auf ihm lastete, im Gegenteil, auch wenn er hundemüde war, spürte er eine Leichtigkeit, die einen noch nie erlebten Optimismus mit sich brachte. Den brauchte er. Paul fuhr einer ungewissen Zukunft entgegen, ohne Angst, von der Vergangenheit eingeholt zu werden.

Das Rattern des Zuges entfernte sich, wurde zu einer dumpfen Tonkulisse wie der Lärm in öffentlichen Schwimmbädern oder an überfüllten Stränden, der zu einem einlullenden Raunen wird, bevor man auf seinem Handtuch oder auf einer Liege gänzlich einschläft. Paul hatte die Arme schützend über der olivgrünen Jacke mit den vielen Taschen verschränkt, der Kopf war auf die Brust gefallen und sein Atem ging ruhig und gleichmäßig.

Mit einem Schrei schreckte er hoch. Ein Knall hatte ihn geweckt. In seinem Traum waren es Polizisten, die eine Tür eingetreten hatten. Die Jugendlichen schauten zu ihm hinüber und grinsten. Druckwellen, dachte Paul erleichtert. Die beiden Züge rauschten lärmend aneinander vorbei und nur durch wiederholtes Gähnen und Schlucken bekam er seine Ohren wieder frei. Jetzt hörte er die Jugendlichen lachen.

Zwei Uhr zehn. Paul hatte eine knappe dreiviertel Stunde geschlafen.

TEIL ZWEI

ANKUNFT

Die Lichtkegel der Scheinwerfer hüpften mit jedem Schlagloch in der Dunkelheit und näherten sich über den steilen Anfahrtsweg dem Haus. Charlotte stand auf der kleinen Küchenterrasse und schlug fröstelnd ihre beige Strickjacke über der Brust zusammen. Wäre Dirk Kessler wie verabredet schon gegen fünfzehn Uhr angekommen, hätte sie ihn trotz des zu Ende gehenden Oktobers in ihrem blauen Sommerkleid empfangen können, das ihr so ausgezeichnet stand. Mit hochgezogenen Schultern und klopfendem Herzen sah sie den unruhigen Lichtern entgegen. Sie begann leicht zu zittern, was nicht nur an den kühlen Abendtemperaturen lag, da musste sie sich nichts vormachen. Gleich würde sie dem Mann gegenüberstehen, den sie unter vielen anderen aus den Angeboten der Partnerbörse ›Lieblingsmensch‹ herausgefiltert hatte. Groß, blond, Landschaftsarchitekt und ungebunden. Er war ihr schon deshalb sympathisch, weil ihn sein Profilbild nicht auf einem Segelboot stehend oder in einem Cabrio sitzend oder mit einem Cocktail in der Hand am Tresen einer selbstgezimmerten Kellerbar lehnend zeigte. Oder gar den nackten Oberkörper vor ein Strandpanorama schob. Dirk saß auf einer Parkbank, lächelte nicht zu viel und nicht zu wenig und im Hintergrund blühten üppige purpurfarbene Rhododendren. Allerdings hatte sich über dieses Foto hinaus in Charlottes Kopf ein weiteres Bild von Dirk Kessler eingenistet, eines, das ein reger Email-Austausch und einige Telefonate hinterlassen hatten. Charlotte hatte Angst, dass die Realität nichts mehr damit zu tun haben könnte. Sie kannte sich. Wie häufig hatte sie ihre Online-Bestellungen zurückgehen lassen. Natürlich war das kein guter Vergleich, trotzdem schob sie den Gedanken, bei Nichtgefallen auch Dirk wieder zurückzuschicken, nicht beiseite. Aber das half ihr in dem Moment nicht. Sie hatte zugesagt. Beide waren sich sicher, dass man sich treffen sollte. Es war ihr erstes Date. Charlotte hasste dieses Wort.

Der helle Mercedes fuhr durch das offene Tor, die Scheinwerfer blendeten sie kurz, dann bog er nach links ab und kam unter den überdachten Abstellplätzen für die Gäste zum Stehen.

Charlotte nickte anerkennend und schob mit ihrem rechten Fuß ein gelb verfärbtes Blatt von der Terrasse. Dreimal täglich konnte sie fegen, war vielleicht doch keine so gute Idee mit dem rankenden

Wein über der Pergola. Nur langsam hob sie ihren Blick. Ihm entgegenzugehen, hatte sie nicht die Absicht. Sie würde dadurch Zeit gewinnen. Eine Minute vielleicht. Charlotte atmete tief durch. Es gab kein Zurück mehr.

Dirk stieg aus und schob im grellen Licht der Außenbeleuchtung, die durch den Bewegungsmelder aktiviert wurde, einen gewaltigen Schatten vor sich her. Auch er selbst schien über ein Meter vierundachtzig der Profildaten hinauszuwachsen, zumindest hatte Charlotte diesen Eindruck, als er über den knirschenden Kies auf sie zukam.

»Finalmente!«, rief sie ihm entgegen und bereute sofort, dass ihr erstes Wort einem Vorwurf gleichkam. Die Arme behielt sie allerdings weiterhin verschränkt.

»Hallo Charlotte.« Paul kam mit ausgebreiteten Armen auf sie zu und hätte gerne mehr gesagt. Er war vorbereitet, hatte sich auf der langen Autofahrt geistreiche und auch spaßige Worte der Begrüßung zurechtgelegt.

Stattdessen verharrten die Arme ausladend in der Luft und der Mund blieb geöffnet, ohne dass auch nur ein Wort aus ihm herauskam. Glich Charlotte seiner Mutter schon auf ihrem Profilfoto außerordentlich, so war das Original unfassbar. Die Augenpartie mit den dichten, fein geschwungenen Brauen, der volle Mund und die lockigen Haare, das Blond, die Wangenknochen ... nur der Hals schien ein Stück zu lang.

Paul nahm die letzten beiden Stufen und da sich Charlotte nicht rührte, wurde es eng und die folgende Umarmung eine unbeholfene Angelegenheit. Fast wären sie beide gestürzt, auch weil Charlotte mit den verschränkten Armen das Gleichgewicht schwer halten konnte.

Sie kam gar nicht auf die Idee, den Schutz vor ihrer Brust zu lösen. Es war nur ein Detail, das die eigene Vorstellung ins Wanken brachte. Die vorderen Schneidezähne waren zu groß und nicht weiß genug. Dirks sparsames Lächeln auf dem Foto mit den Rhododendren hatte diesen Makel verborgen. Charlotte kam eine vergilbte Klaviertastatur in den Sinn, aber auch an ihren Vater musste sie denken und an seine Predigten, die immer mit dem Vergleich von Visitenkarten endeten. Ihr von Kind auf geschulter Blick verhinderte, darüber hinwegzusehen. Aber sie wollte sich die Enttäuschung nicht anmerken lassen. Sie lächelte, so wie sie es bei ihren Gästen tat und hieß ihn herzlich willkommen.

»Wenn auch spät, aber ich habe dein italienisches Versteck gefunden! Tut mir leid …« Dirk löste die Umarmung, behielt dabei die Hände auf ihren Schultern und schob sie ein Stück von sich weg.

»Wenn du pünktlich gewesen wärst, hätte ich dir den schönsten Sonnenuntergang bereitgestellt und du hättest dir ein erstes Bild machen können, wo du überhaupt gelandet bist!« Es war ihr unangenehm, dass er sie so anschaute.

»Für die Landschaft bleibt noch viel Zeit. Es tut mir wirklich leid, normalerweise funktioniere ich, was Pünktlichkeit angeht.« Dirk nahm die Hände von ihren Schultern und fuhr sich offensichtlich verlegen lächelnd mit allen zehn Fingern durch die Haare.

Charlotte löste ihre verschränkten Arme, schaute in Richtung Carport und fragte nach dem Gepäck.

»Darum kümmere ich mich. Bewegung tut mir nach der langen Sitzerei gut, außerdem ist es nur ein kleiner Koffer. Ein ›Drei-Tage-Gepäck‹.« Auch Paul schaute Richtung Carport und dachte an die drei Tage, vor denen er mehr Angst hatte, als dass es ihn freute, wie er Charlotte versicherte, bevor er sich auf den Weg zu seinem Auto machte.

In diesem Moment kam ihm Meike in den Sinn,

die er vor Charlotte über eine andere Partnerbörse kennengelernt hatte. Das lag fast ein Jahr zurück, aber für ihn fühlte es sich wie gestern an, als er seine Hände um Meikes Hals gelegt hatte. Bei Meike nannte er sich Marko Pohl. Ein auf dem Tisch liegender Reiseführer war der Namensgeber.

Für Dirk Kessler ließ er die Seiten eines Telefonbuchs am Daumen entlang schnurren bis zu einem intuitiven Stopp. Das machte er zweimal hintereinander. Einmal für den Vornamen und einmal für den Nachnamen. Damit wollte Paul nichts verbergen. Zumindest bei Charlotte nicht. Er hoffte, dass ein anderer Name ein anderes Ich aus ihm machen würde. Nicht wie damals in der Grundschule, da wollte er den Pokatzky loswerden, um dazuzugehören. Jetzt wollte er es auf diesem Weg mit den Frauen hinbekommen, auch wenn sein Interesse immer nur von solchen Frauen geweckt wurde, die seiner Mutter ähnelten. Ein Zwang, dem auch Kinder beim Anblick von Pfützen unterliegen: sie müssen durchlaufen, da geht kein Weg vorbei. Zum falschen Namen kam eine falsche Biografie.

Beides, den Marko Pohl und den Branddirektor bei der Feuerwehr, nahm er mit zu den Treffen, die fünfundvierzig Autominuten von Karlsruhe entfernt ausschließlich bei Meike stattfanden. Sie war seine erste längere Beziehung, wenn man überhaupt von lang sprechen konnte, da sie nur an Wochenenden gelebt wurde und somit in der Summe kurz war. Die ›Berufswahl‹ lieferte ihm anfangs die Ausrede, warum er nicht auch die Nächte bei ihr verbringen konnte.

»Der Dienst ruft«, sagte er, wenn er seine Jacke von der Garderobe nahm und ihr einen viel zu schnellen Kuss auf die Stirn drückte. Dann war er froh, wieder als Paul auf der Autobahn das Gaspedal durchzutreten. Näherte er sich aber der Ausfahrt Karlsruhe, bedauerte er, Marko Pohl zurücklassen zu müssen. Der Paul fing an zu drücken. Umso größer war die Freude, wenn die Woche auf ihr Ende zusteuerte. Marko wurde von Meike geliebt und auch Paul liebte Marko, weil er so anders war. Marko war unterhaltsam, fast witzig und unendlich neugierig. Nicht unbedingt, was Meikes Leben betraf: es war das Drumherum, die Dörfer, die Landschaft, Burgen, kleine Museen und Bauernhöfe, in denen man Kaffee und Kuchen haben konnte. Marko Pohl, der Reiseführer eben. Wenn man unterwegs war, gab es weniger Fragen. Aber er spürte, dass sein Spiel nicht von Dauer sein konnte. Meike wurde ungeduldig. Sie hatte keine Lust mehr auf ausschließlich Wochenenden, auf den wiederkehrenden Rhythmus von Sex, Mittagessen, Ausflug, Abschied. Sie stellte Forderungen. Sie fragte nach seinem dusseligen Dienstplan, den sie nicht verstehen konnte, und sie machte den Vorschlag, ihn in Karlsruhe zu besuchen, dort in seinem Bett zu warten, bis er alle Brände gelöscht habe. Sie wollte sein Leben kennenlernen, warf ihm vor, etwas zu verheimlichen. Da hatte sie recht.

Paul wusste nicht, wie er ein Nein begründen könnte. Und wenn er mit der Wahrheit rausrücken würde? Wäre er dann noch witzig und unternehmungslustig? Dann wäre er Paul und der Sohn seiner Mutter. Die hatte er dann auch vor Augen, als Meike an seinem Pullover zupfte. Das hätte sie nicht tun sollen und schon gar nicht mit der Bemerkung, dass Männer offensichtlich immer Probleme hätten, Pullover richtig anzuziehen. Da legte er die Hände um Meikes Hals.

»Ich werde dich anzeigen!«, schrie sie und Paul war froh, sich als Marko Pohl davonmachen zu können.

»Es tut mir wirklich außerordentlich leid, dass es so spät geworden ist!« Dirk nahm mit einem Satz die beiden Stufen auf die Terrasse, stellte den kleinen Koffer ab und behielt eine weiße Papiertüte in der

Hand. Charlotte wich einen Schritt zurück und zählte, dass es ihm nun schon dreimal leidtat, was ihr zu viel war.

»Ein Unfall, eine Baustelle, und somit zwei Staus, beide in der Schweiz.«

»Du bist von Ulm über die Schweiz gefahren? Fährt man da nicht besser über Kempten und den Brenner?«

Dirk nahm seinen Koffer wieder in die Hand und wischte über die obere Kante, als wollte er Staub entfernen. »Da hast du vollkommen recht, Charlotte!« Wiederholt fuhr seine Hand über den Koffer. »Du scheinst offensichtlich zu den Frauen zu gehören, die wissen, wo es langgeht!«

Dirks gezwungenes Lachen dauerte ein bisschen zu lange und Charlotte nahm sich vor, nicht mitzulachen. Sie wollte nicht um jeden Preis gefallen und war im Nachhinein froh, dass die kühlen Temperaturen das blaue Sommerkleid verhindert hatten.

»Ich traf mich an der Autobahn Höhe Basel kurz mit einem Kollegen, der in der Schweiz Gartenmessen organisiert. Dem musste ich einige Aktenordner übergeben. Natürlich, der Umweg hat auch Zeit gekostet.«

Das interessierte Charlotte weniger, sie war vielmehr damit beschäftigt, ihre Ablehnung ihm gegenüber zu vertuschen und hatte nicht das Gefühl, bisher erfolgreich gewesen zu sein.

Dass das Licht auf der Terrasse ausging und sie im Dunkeln standen, kam ihr wie gerufen. Sie musste nicht reden, durfte handeln und nahm den Besen, der nicht weit vom Fenster an der Wand lehnte, um mit dem Stiel so lange an die Lampe zu schlagen, bis sie flackerte und schließlich wieder ein ruhiges Licht von sich gab.

»Offensichtlich ein Wackelkontakt«, sagte Dirk, »ich werde mir das die nächsten Tage mal anschauen. Ich kann nicht nur *Garten*. Auch wenn eine Legende den Ulmern nachsagt, dass sie blöd seien.« Er lachte.

Er hatte ein schönes Lachen, warm und tief, fand Charlotte.

Dirk überreichte ihr die Papiertüte. »Ein Ulmer Spatz aus Marzipan. Der Spatz ist das Wahrzeichen meiner Stadt. Der hatte den Ulmern in tiefster Vergangenheit mal klargemacht, dass man lange Balken nicht quer durchs Stadttor bugsieren sollte. Dafür sind wir heute noch dankbar!«

Charlotte schaute nur kurz auf das kleine Mitbringsel, ohne es zu kommentieren. Sie spürte, dass das unhöflich war und es lag nicht daran, dass sie Marzipan nicht mochte. Es waren wieder Dirks

Zähne, die ihre Aufmerksamkeit beanspruchten. Im Licht der Terrasse schienen sie noch größer, und sie leckte über ihre Lippen, weil sie meinte, den Geschmack von Latex in ihrem Mund zu spüren. Der Vater war im Kopf.

»Lass uns reingehen. Ich habe einen Wahnsinnshunger und du sicherlich auch.« Sie drückte die Terrassentür auf, und nach der kühlen Abendluft draußen schlug ihnen ein warmer, vielversprechender Küchendunst entgegen. »Das ist meine Kommandozentrale.« Es roch zwar nach Essen, aber ansonsten gab es keine Spuren, dass gekocht wurde. Würde nicht der Lauch aus einem Drahtkorb ragen und am Kühlschrank Zettel hinter Magneten klemmen, auf denen rasch geschriebene Notizen an einen gelebten Alltag glauben ließen, man hätte das Gefühl haben können, in einer Musterküche zu stehen. »Ich sage Kommandozentrale, weil sie für mich das Herz des Hauses ist. Bevor ich Betten mache, muss die Küche in Schuss sein, da darf man mich gerne pedantisch nennen. Damit kann ich leben, aber nicht mit einer Küche, die im Chaos versinkt.« Sie ärgerte sich über das Stück Vertrautheit, das sie ihm entgegenbrachte.

So gab sie auch sich die Schuld, dass sich Dirk mit ausgestreckten Armen einmal um sich selbst drehte.

Den Koffer in der rechten Hand und einem Lächeln im Gesicht, als kenne man sich seit Jahren. »Als Student bewohnte ich weniger Quadratmeter!«

»Die Quadratmeter, die du hier bewohnen wirst, zeige ich dir jetzt. Und während du dich einrichtest, rühre ich das Risotto Milanese. Es gibt Ossobuco.«

Im Gästetrakt, der nicht nur über einen separaten Eingang von draußen, sondern auch von Charlottes Wohnbereich aus zugänglich war, hatte sie ihm das hinterste Zimmer hergerichtet. Sie hatte lange überlegt, wie Dirk das deuten könnte, aber letztendlich waren ihr die eigenen Bedürfnisse wichtiger. Den Abstand konnte sie immer noch verringern. Umgekehrt stellte sie sich das schwieriger vor.

Tiglio las Paul auf dem gewollt rostigen Metallschild an der Tür. Mit der Übersetzung ›Linde‹, auf Lateinisch ›Tilia‹, schien ihm der Ausrutscher ›Schweiz‹ wieder wettgemacht. Er ging sogar zurück, als Charlotte schon mit einem Fuß in der Linde stand. *Quercia*, quercus, die Eiche. *Olmo*, ulmus, die Ulme. *Castagno*, castanea, die Kastanie.

»Im Obergeschoss gibt es noch die Pinie und die Zypresse«, sagte Charlotte.

»Pino, piunus, die Pinie. Cipresso, cupressus, die Zypresse.« Mehr konnte Paul für den Landschaftsgärtner nicht tun, er war zufrieden. »Sechs Gästezimmer hast du also. Und neben dem ›Breakfast‹ kümmerst du dich auch noch um das Abendessen, wie du mir erzählt hast. Das stelle ich mir ziemlich anstrengend vor.«

»Wenn man etwas gerne macht, wird es nicht so schnell anstrengend. Aber jetzt muss ich in die Küche!«

Paul schaute Charlotte hinterher. Seine Mutter hatte nie gerne gekocht. Als sein Vater noch lebte, gab es sogar eine Köchin in der Villa. Sie hieß Agata und war Polin. Sie kochte Barszcz und Kaszanka, aber am besten schmeckten Paul die Piroggen. Wenn welche übrigblieben, brachte er eine dem Gärtner. Der war auch Pole und liebte Piroggen und Paul liebte den Gärtner. Er durfte Wiktor zu ihm sagen, für seine Mutter blieb er Herr Kowalski. Wann immer er konnte, war er bei ihm im Garten. Paul durfte helfen und am liebsten stopfte er im Herbst das Laub in die Säcke. Das duldete seine Mutter lediglich, nachdem sie mit dem Verbieten keinen Erfolg gehabt hatte.

»Wenn ich groß bin, werde ich auch Gärtner.«

Seine Mutter ordnete diesen kindlichen Wunsch all den Lokomotivführern, den Piloten und Feuerwehrmännern zu, die dann doch nicht den Arbeitsmarkt überversorgen würden. Bei Paul wuchs sich der Wunsch nicht aus, er dauerte fort, doch er musste sich dem Erbe beugen und sich um Dichtungstechnik kümmern. Was ihm für seine Leidenschaft blieb, war Anweisungen zu geben, wie die Grünanlagen auf dem Firmengelände zu gestalten waren.

»Ich bin schon sehr auf deinen Garten gespannt!« Paul hatte nicht den direkten Weg in die Küche gefunden, nachdem er den ›Baumbestand‹ hinter sich gelassen hatte und in der Diele gelandet war. Hinter der falschen Tür befand sich das Büro und neben dem Laptop auf dem Schreibtisch stand ein Rahmen aus gebürstetem Metall mit dem Porträt von Charlottes verstorbenem Mann. Dunkelhaarig, braungebrannt, gutaussehend. Paul nahm das Bild in die Hand und der neugierige Blick wurde analytisch, so, wie er in diversen Seminaren geschult worden war. Konkurrenzanalyse. Konnte man in diesem Fall überhaupt von einem Kontrahenten sprechen? Er gehört sicher zu den Typen, die schnell braun werden. Aber das wurde Paul auch. Das Lächeln inmitten eines Dreitagebarts war nicht unsympathisch. Der hervorstehende Kehlkopf allerdings zeugte von Dominanz. Bei den dominanten Menschen, die Paul kannte, tanzte immer der Kehlkopf, wenn sie ihre Ansagen machten. Bei ihm würde kein Kehlkopf mehr tanzen und das dürfte man eindeutig den Schwächen zuordnen. Diese Gedanken drängten sich auf, waren nicht gewollt. Paul war das sehr unangenehm und er stellte das Foto wieder zurück auf seinen Platz. Er bemühte sich auf dem Weg zur Küche hinsichtlich des Gartens um Vorfreude in seinem Kopf.

Charlotte rührte den vom Safran gelb gefärbten Reis in der Pfanne. Die Dunstabzugshaube summte und während sie immer wieder Flüssigkeit zuschüttete, bat sie Paul, die Flasche Prosecco zu öffnen, die er im Kühlschrank finden würde. »Dirk, würdest du bitte …«, sagte sie und er antwortete, dass Herr Kessler stets zu Diensten sei.

Er fühlte sich frei, der Herr Kessler.

Im Kühlschrank herrschte Ordnung. »Zeige mir deinen Kühlschrank und ich sage dir, wer du bist.« Die Worte seiner Mutter krochen in ihm hoch, so wie sich der Korken langsam aus dem Flaschenhals schob. Der Knall kam einer Erlösung gleich und er fragte nach den Gläsern.

Charlotte zeigte mit dem Kochlöffel auf eine Vitrine, in der in Reih und Glied stand, was eine gut sortierte Gläserserie ausmacht. Paul reichte Charlotte ein Glas.

»Auf unser Kennenlernen! Auf die nächsten drei Tage! Auf den Schnupperkurs!«

Charlotte war froh, im Reis rühren zu dürfen. Als sie vor ein paar Tagen Pläne zum Essen machte, dachte sie, dass es vielleicht unhöflich wäre, wenn sie eine halbe Stunde unabkömmlich am Herd stehen würde. Jetzt aber war sie erleichtert. Sie durfte, nein, sie musste ihre Aufmerksamkeit teilen. Am liebsten hätte sie sie ganz dem Reis geschenkt. Warum nur hatte sie sich auf dieses Treffen eingelassen?

Sie holte den Bräter mit dem Ossobuco aus dem Ofen und stellte ihn auf den einzigen gedeckten Tisch, der zwischen vielen anderen im sogenannten Frühstücksraum stand.

Das leinene Tischtuch reichte fast bis zum Boden und passte farblich zur Natursteinwand, die ebenfalls leinenen Servietten waren zu Taschen gefaltet, aus denen das Besteck ragte. Die Teller waren aus dickem weißem Porzellan und auch die Gläser machten keinen zerbrechlichen Eindruck. In einem Stück Treibholz, das wie ein Schlagbaum zwischen den beiden Gedecken lag, steckte ein Reagenzglas mit einer knallroten Gerberablüte. Ein gemütlicher Raum, der allerdings mit nur einem dekorierten

Tisch doch etwas kahl wirkte, wie sie im Nachhinein feststellte. Aber daran war jetzt nichts mehr zu ändern. Sie erklärte Dirk, der sofort nach oben schaute, als sie in den Gästeraum gingen, die Deckenbalken wären über zweihundert Jahre alt, und sie sei froh, dass sie sich während der Bauphase doch fürs Sichtmauerwerk an der Wand mit den drei Fenstern entschlossen habe. Das mittlere Fenster reichte bis zum Boden und bot Zugang zur Terrasse, auf der bei schönem Wetter Frühstück und Abendessen serviert wurde. Auf den tiefen Fensterbänken lag ein Stein, stand eine Leuchte. Nichts war überladen, wovon das übergroße Schwarzweißfoto eines Olivenbaums an der verputzten gegenüberliegenden Wand profitierte.

Charlotte brachte die Pfanne, in der das safrangelbe Risotto dampfte, und setzte sich so, dass sie in die Küche schauen konnte. Ihr Rückzugsort, wenn momentan auch nur für ihre Blicke. Sie zog Messer und Gabel aus der Serviettenkunst, schlug das Stück Stoff an ihrer rechten Seite aus und legte es sich auf den Schoß.

»Das ist so schön, das möchte man gar nicht kaputt machen!«

»Dann musst du mit den Fingern essen. Aber ich warne dich, Safran färbt ungemein!«

Sie prosteten sich mit einem Rosso Piceno zu, wünschten sich guten Appetit, und bevor Dirk den ersten Bissen geschluckt hatte, lobte er mit vollem Mund Charlottes Kochkunst.

»Was hast du dir so überlegt, was möchtest du sehen, worauf bist du besonders neugierig?« Das Lob ließ Charlotte unkommentiert, auch, weil sie das Reden abgeben wollte.

»Ich muss gestehen, dass ich mich so gut wie gar nicht vorbereitet habe. Ich dachte, du mit deiner Ortskenntnis … also ehrlich gesagt, ist das Drumherum für mich zweitrangig. Das heißt nicht, dass ich etwas dagegen hätte, wenn wir etwas gemeinsam unternehmen, dass du mir etwas zeigst, das auch dir Freude macht. Aber lass uns doch mit dem Naheliegenden anfangen. Ich bin neugierig, was du zu dem Haus erzählen kannst. Jetzt, wo ich hier bin, fände ich es spannend, mehr zu erfahren.«

Charlotte schnitt ein Stück vom Fleisch ab, das so zart war, dass es fast ohne ihr Zutun auf die Gabel kippte.

Ob sie jetzt im Oktober Gäste hätte, fragte Edoardo, als sie bei ihm im Dorf die Beinscheiben vom Kalb bestellt hatte. Sie wolle nur vorkochen, hatte sie gesagt, das würde Zeit sparen und Ossobuco sei ja bestens dafür geeignet, eingefroren zu werden. Edoardo gehörte zu den Kartenspielern, die sich einmal in der Woche trafen. Luca gehörte auch dazu, und weil sie dabei wie die Weiber tratschten, wollte sie keinen Beitrag leisten. Schon gar nicht wegen Luca.

»Ich kann dir Fotos zeigen. Du wirst es nicht glauben, dass es möglich war, so etwas daraus zu machen. Wäre da nicht diese wunderschöne Lage gewesen mit dem weiten Blick und dem Hausberg im Rücken, ich hätte den Mut nicht aufgebracht.«

»Ich finde es schon mutig, in Deutschland alles hinter sich zu lassen und hier und auch noch ganz allein einen Neuanfang zu starten.«

»Manchmal ist es die Ausweglosigkeit, die einen den richtigen Weg einschlagen lässt. Ein Widerspruch, in den ich mich gerne verstrickt habe.«

»Auf die Ausweglosigkeit!« Paul hob sein Glas über das Treibholz mit der roten Gerbera hinweg. Auch er wusste nicht, wie es in seinem Leben weitergehen sollte. Er schien nicht mit den Genen seiner Vorfahren ausgestattet zu sein. Die hatten sich offensichtlich über die letzten Generationen erschöpft und darunter litt das Geschäft mit der Dichtungstechnik, aber auch seine Mutter litt und er wiederum hatte unter seiner Mutter zu leiden. Warum nicht beenden, was das Leben so schwermacht? Er nahm einen großen Schluck und musste zugeben, dass er sich gerade richtig wohl fühlte. Er war satt, es hatte geschmeckt, der Wein entspannte, das Ambiente gefiel, er war weit weg und Charlotte war schön.

Die brachte, nachdem sie darauf bestanden hatte, allein abzuräumen, den Nachtisch aus der Küche herein. Tiramisu.

»Das heißt übersetzt ›heb mich hoch‹. Ich weiß nicht, wie das gemeint ist … möglicherweise ironisch, denn dieses italienische Dolce hat nicht wenig Kalorien.«

»Dann werde ich dich hochheben«, sagte Paul, »und eigentlich müsste ich das zweimal tun. Vorher und nachher.«

Charlotte wollte leider weder vorher noch nachher hochgehoben werden. Sie nahm sich vom Tiramisu und schob Paul die Schale, rechts am Treibholz vorbei, zu.

»Da hast du aber viel gemacht, das reicht noch für die nächsten Tage!«

Paul hatte gar nichts dagegen, sich selbst zu bedienen. So konnte ihm niemand Vorschriften zur Menge machen.

Paul, denke an das Cholesterin, dein Herz wird es dir danken!

Paul dachte überhaupt nicht an sein Cholesterin und sein Herz schlug so munter, wie schon lange nicht mehr.

»Ich bin wahnsinnig müde«, Charlotte gähnte hinter der vorgehaltenen Hand, »und ich kann mir vorstellen, dass du dich auch auf dein Bett freust, nach der langen Autofahrt. Morgen und an den beiden anderen Tagen bleibt noch viel Zeit zum Reden.«

»Da will ich jetzt nicht widersprechen, aber ich gönne mir noch einen Löffel vom leckeren Nachtisch. Quasi als Betthupferl.«

Tiramisu war Alex' Lieblingsnachtisch gewesen. Immer nach ihrem Rezept. Mit selbstgebackenem Biskuit. Das wussten auch ihre Gäste zu schätzen. Abreisen, ohne einmal Tiramisu zum Nachtisch gehabt zu haben, das gab es nicht.

Als Dirk fertig mit dem Dolce war, begleitete Charlotte ihn zum Gästetrakt und drehte vorsorglich ihren Kopf zur Seite, als sie sich zum Gute-Nacht-Sagen gegenüberstanden. Seine Lippen spürte sie kaum auf ihrer Wange.

Bevor sie das Licht in der Küche löschte, warf sie das Tiramisu in den Müll.

TAG EINS

Charlotte spürte, dass es noch sehr früh sein musste. Sie schaute auf die rot leuchtenden Zahlen in der Dunkelheit.

Das Wort *Sonntag* stand über der sich minütlich ändernden Uhrzeit und Charlotte wünschte sich den Mittwoch. Dann wären die drei Tage um. Sie stand auf, wollte nicht länger auf das Klingeln um sieben Uhr dreißig warten, duschte und blieb länger als sonst unter dem Wasserstrahl stehen. Weil es noch kühl sein würde, zog sie sich einen dicken Wollpullover über. Sie wollte draußen frühstücken.

Es war neblig an diesem Morgen, aber ihr Haus ragte aus dem alles verschluckenden Weiß heraus wie eine Festung. Eine Insel in einem glatten Milchsee, über den die Sonne die ersten Strahlen schickte. Charlotte liebte diese Stimmung, die alles andere zur Nebensache werden lassen konnte.

Sie wischte den Morgentau vom Holztisch und warf ein gelbes Leinentuch darüber. Obwohl das Zimmer, in dem Paul schlief, nicht in Hörweite lag, versuchte sie, so wenig Geräusche wie möglich zu machen.

Sie wollte ihn auf keinen Fall wecken. Ihretwegen. Charlotte nahm die Butter und den Käse aus dem Kühlschrank, damit sie die Zimmerwärme annehmen konnten. Mit Kaffee oder Tee wollte sie warten, sie hatte am Vorabend vergessen, Dirk zu fragen, was er gewöhnlich zum Frühstück nahm. Nachdem sie das Geschirr verteilt, die Milch, den Zucker und drei Sorten Marmelade dazugestellt hatte, ging sie in den Garten, um ein paar Rosen für die Vase zu schneiden. Als sie zurückkam, stand er auf der Terrasse und lächelte ihr entgegen.

»Das ist ja kaum zu glauben, so etwas habe ich noch nicht erlebt. Wir befinden uns in einer anderen Welt und wo ist der Rest der alten? Ich hätte nichts dagegen, wenn sie gar nicht mehr auftauchen würde! Aber Entschuldigung, Charlotte, das Gutenmorgen habe ich ganz vergessen.«

»Vorsicht, die haben Dornen!« Charlotte hielt sich die Rosen vor die Brust, wünschte ebenfalls einen guten Morgen, wollte die Blumen nur schnell ins Wasser stellen und fragte nach Tee oder Kaffee.

Als sie mit dem Kaffee wieder nach draußen kam, musste sie Dirk rufen.

Die Neugierde habe ihn schon mal ein Stück loslaufen lassen und die Begeisterung sei kaum noch steigerungsfähig, betonte er und setzte sich.

Charlotte lächelte. Ein Lächeln ohne Blickkontakt, denn sie hatte ihre Sonnenbrille aufgesetzt, die mit den dunklen Gläsern, hinter denen man die Augen nicht mehr sehen konnte. »Ich weiß, es ist unhöflich, aber bei meiner Lichtempfindlichkeit nicht zu umgehen.« Sie lächelte erneut und fühlte sich sicher.

Dirk lobte die Marmeladen und Charlotte erklärte ihm, dass auch das Brot selbstgebacken sei, denn das hiesige sei in der Regel ungesalzen und durchweg aus Weißmehl.

»Wenn du Salami oder Schinken zum Frühstück haben möchtest ...«

»Alles wunderbar, ich bin dabei, mich in die Holundermarmelade zu verlieben.«

»Ich wollte dir nur sagen, dass du freien Zugang zum Kühlschrank hast. Fühl dich wie zu Hause und nimm dir, was du brauchst. Ich trage nichts hinterher.« Charlotte versuchte ein liebevolles Lächeln.

»Apropos *zuhause*, wie fühlst du dich in deinem selbstgewählten Zuhause? Ein ziemlich abgelegenes Zuhause, muss ich sagen. Aber dafür geräuscharm, ich habe geschlafen wie ein Bär.«

»Ich hoffe nicht, dass ich es war, die dich geweckt hat!«

»Nein, das war meine innere Uhr. Heute allerdings mit Verspätung. Normalerweise stehe ich um halb sieben auf. Kommt allerdings immer darauf an, ob ich im Büro bin oder bei einem Projekt vor Ort sein muss.«

Charlotte fragte, wie weit so ein Projekt entfernt sein könne, was sie nicht wirklich interessierte, aber davon ablenkte, von ihren Gefühlen reden zu müssen. Und weil sie schon bei den Gartenthemen waren, schlug sie vor, eine Runde in ihrem zu drehen.

»Darauf habe ich gewartet!« Dirk legte die Serviette auf den Tisch.

Charlotte nahm ein Stück auf dem Natursteinweg, der das gesamte Haus umrundete, um dann auf die Olivenbäume zuzusteuern. Dirk zündete sich eine Zigarette an und folgte ihr. Erst nach den ersten Zügen fragte er, ob es sie störe.

»Keineswegs, nur im Haus, da herrscht absolutes Rauchverbot. Hier unten habe ich meine Olivenbäume.« Charlotte holte mit ihrem linken Arm weit aus. »Die waren schon auf dem Grundstück, als ich das Haus kaufte. Sollen etwa hundert Jahre alt sein.« Sie liefen hintereinander, nahmen einen Stein nach dem anderen, die wie zufällig im kurzgeschnittenen Gras lagen, aber letztendlich doch Sinn machten, um bei dem abfallenden Gelände bequem nach unten zu kommen. Die tiefer gelegene Position beeinträchtigte nicht den Ausblick.

Eine Hochsitzperspektive.

Der Milchsee verlor langsam seine glatte Oberfläche. Er wurde zerpflückt, bekam Risse und Löcher, aus denen sich Stücke der Landschaft schoben und Dirks Aufmerksamkeit zu wecken schienen.

»Sie werden langsam dunkel«, sagte Charlotte und nahm einen Zweig in die Hand, den die Last der Oliven nach unten gezogen hatte.

»Ich würde sagen, es wird heller.«

»Ich meine die Oliven«, Charlotte hielt ihm den Zweig hin. »Es wird eine gute Ernte geben, die Bäume hängen brechend voll.«

Dirk pflückte eine Olive ab und steckte sie sich in den Mund. Er biss nur einmal zu, dann spuckte er sie wieder aus. »Die schmecken ja widerlich!«

Charlotte lachte. »Oliven kann man nicht direkt vom Baum essen, wegen der Bitterstoffe.«

»Das hättest du mir sagen sollen!« Er hörte gar nicht auf zu spucken.

»Jetzt weißt du es und vergisst es nie wieder.«

»Und wie bekommt man diese Bitterstoffe aus den Oliven raus?«

»Sie werden in Salzlake eingelegt. Das macht man vier bis sechs Wochen lang. Die Lake muss allerdings immer wieder ausgewechselt werden. Das gilt aber nur für Oliven, die man zum Essen haben möchte. Wenn Öl daraus gemacht wird, gehen sie direkt vom Baum in die Mühle.«

»Und wann gehen deine Oliven in die Mühle? Muss zugeben, dass ich da als Mann vom Fach eine Lücke habe.«

»Ich werde in zwei bis drei Wochen ernten.«

»Das machst du ja wohl nicht allein?«

»Natürlich nicht! Ich habe Hilfe. Der Gärtner bringt seine Frau mit und auch mein ehemaliger Geometer Luca Rossetti kommt, wenn er Zeit hat. An den Wochenenden auf jeden Fall.«

»Ich würde auch kommen, ich meine das im Ernst! Hättest du etwas dagegen?«

Charlotte ließ sich Zeit mit der Antwort, die diplomatisch sein musste. Wie bei Luca. Weder ein Nein, noch ein deutliches Ja. Die Entscheidung dem anderen überlassen und ihm das Gefühl geben, sie allein getroffen zu haben. »Bedenke die lange Autofahrt, und dann lass es womöglich regnen. Oliven müssen trocken sein, wenn sie vom Baum kommen. Keiner erntet hier bei Regen.«

»Ich kann mich ja nach der Vorhersage richten und dann spontan losfahren.«

»Möglicherweise sind die Wetterprognosen zuverlässiger, als ich es sein kann!« Charlotte lachte. »Ich mache nicht umsonst zwei Termine bei der Ölmühle.« Sie ließ den Zweig aus ihren Fingern gleiten. »Ich muss flexibel bleiben. Wenn es so weit ist, dann sage mir, wie flexibel du bist und dann schau'n wir weiter. Und jetzt zeige ich dir den Poolbereich.«

Paul blieb zurück, zählte die Olivenbäume, ohne Charlotte aus den Augen zu verlieren, die nicht daran dachte, auf ihn zu warten.

Er holte auf und legte die Hand auf Charlottes Schulter. »Es sind achtunddreißig Bäume, wenn ich mich nicht verzählt habe.«

Sie drehte sich um und rechnete die beiden anderen Bäume dazu, die auf der Südseite standen.

Paul hätte die Berührung gerne genutzt und seinen Arm ganz um ihre Schulter gelegt, aber der Eingang, der in die dichte Lorbeerhecke geschnitten war, ließ ein Nebeneinander nicht zu und so ging er wieder hinter ihr her.

»Das sind ja fast olympische Ausmaße!«

Das Wasser glitzerte in einem hellen Türkis, nur ganz leicht kräuselte sich die Oberfläche zum monotonen Rauschen der Pumpe.

»Zwölf mal sechs. Du als ehemaliger Sportschwimmer solltest die richtigen Maße im Kopf haben.«

Paul tauchte eine Hand ins Wasser.

»An eine Badehose habe ich gar nicht gedacht, ist aber kein Grund, nicht doch ein paar Bahnen zu ziehen.«

»Lass dich nicht davon abhalten« Charlotte ging weiter, er umrundete das Becken, wollte es von allen Seiten kennenlernen.

»Hier wuchert es aber ordentlich!« Paul blieb bei der riesigen Agave stehen und auch Charlotte verharrte und drehte sich in seine Richtung.

»Ich weiß, ist die reinste Hydra. Auf jeden abgestochenen Ableger kommen fünf neue. Ich habe es aufgegeben.«

»Mach ich dir sauber, morgen oder übermorgen!« Das versprach er, während er auf sie zu eilte.

»Da wird sich mein Gärtner freuen!«

»Du nicht?«

Jetzt legte er den Arm um ihre Schulter. Den schob sie beiseite, ohne auf Pauls Frage einzugehen, um durch eine weitere Lücke in der Lorbeerhecke den Poolbereich wieder zu verlassen.

Sie kamen zur Gästeterrasse, auf der schon alle Stühle und Tische unter Schutzhauben verschwunden waren. Von hier schaute man auf eine Gruppe gewaltiger Oleanderbüsche, in deren Grün noch vereinzelte Blüten auszumachen waren. Dahinter standen drei Zypressen, die wie Speerspitzen ins

Blau des Himmels stachen, und in der Ferne war es der Hausberg, der den Blick über die Grundstücksgrenze hinaus lockte.

»Ich dachte, wir werden ihn heute noch besteigen. Es sind eineinhalb Stunden bis zum Gipfel und da der Nebel mittlerweile fast verschwunden ist, werden wir eine fantastische Sicht haben.« Charlotte zog ihren dicken Wollpullover aus, die Sonne hatte an Kraft zugelegt.

»Das hört sich gut an. Kein Protest meinerseits«, sagte Paul.

Der Gemüsegarten lag in der linken hinteren Ecke des Grundstücks. Im Nachhinein betrachtete Charlotte es als Nachteil, denn auf dem Weg dorthin gab es immer wenigstens einen Gast, der auf der Terrasse zu lauern schien, um sie in ein Gespräch zu verwickeln.

In der frisch geharkten Erde standen hellgrüne Salatpflänzchen und dem Wirsing und Weißkohl konnte man schon ansehen, was einmal daraus werden sollte. Den Fenchel müsse sie vor dem ersten Frost geerntet haben, sagte Charlotte und strich über das filigrane Kraut. Sie bemerkte Dirks Blicke, die ihrer Hand folgten, die das Grün hin und her bewegten.

Sein zufriedenes Lächeln war ihr unangenehm.

»Auf der Südseite stehen die Obstbäume. Aprikosen, Kirschen, Feigen und eine Pflaume. Die habe ich vor fünf Jahren gepflanzt. Im Frühjahr schaut es wunderschön aus, wenn sie blühen.«

Sie erschrak, als Dirk in offensichtlich bester Laune ihre Hände nahm und sich mit ihr im Kreis drehte. Nach drei unfreiwilligen Runden löste sie sich und knallte mit dem Restschwung gegen einen Pflaumenbaum.

»Oh, das wollte ich nicht, hast du dir wehgetan?« Wieder kam er ihr zu nahe, sie bückte sich, klopfte von der Hose, wo es nichts zu klopfen gab, und machte den Vorschlag, auf der Terrasse die Reste vom gestrigen Prosecco zu trinken. Sie hatte gerade nichts gegen Alkohol zu dieser Tageszeit.

»Südlage«, sagte sie, »und mein Wohnzimmer im Sommer.« Charlotte deutete auf einen der Sessel, er solle sich schon mal setzen, sie sei gleich wieder da. Mit den Gläsern und der Flasche in der Hand blieb sie einen Moment hinter der Glasfront stehen und schaute zu Dirk, der mit übereinandergeschlagenen Beinen, den Kopf auf den gefalteten Händen gestützt, zufrieden in die Ferne blickte. Sie war alles andere als zufrieden. Aber sie lächelte, während sie die Gläser füllte – es reichte für zwei für jeden und es reichte zu mehr Gelassenheit, mit der sie anschließend in die Küche ging. Dort strich sie Thunfischcreme auf Weißbrotscheiben ohne Rinde, verteilte Rucola-Blätter, klappte die Brote zusammen und schnitt sie zu Dreiecken.

»Tramezzini«, sagte sie zu Dirk, der mit der leeren Flasche und den beiden Gläsern auftauchte.

»Wegzehrung für unseren kleinen Ausflug. Was meinst du, nehmen wir Wasser oder Wein mit?«

»Ich würde sagen, beides. Ich trage auch den Rucksack, wenn du einen hast.«

Den hatte Charlotte, die einen Blick auf die Uhr warf, nachdem sie die kleine schmiedeeiserne Tür an der Einfahrt hinter sich zugezogen hatte.

»Gegen fünfzehn Uhr werden wir zurück sein. Das ist eine gute Zeit.«

Am Grundstück entlang gab es einen Trampelpfad, den nur sie und ihre Gäste in die Wiese hineingetrampelt hätten, da wüchse kein Gras mehr, zumal sie persönlich zu jeder Jahreszeit hier unterwegs sei. Sie gingen hintereinander, bis sie auf den Hauptweg kamen, den man auch von der Gästeterrasse aus sehen konnte, wie er sich in einem Ockergelb durch die, von kleinen Felsbrocken durchsetzte Graslandschaft schlängelte, bis er in einem Stück Wald verschwand. Es wehte ein lauer Wind, der den stetigen Anstieg etwas erleichterte, aber auch den Nebel aus den Köpfen blies, der für einen Moment alles so unkompliziert gemacht hatte. Sie gingen wortlos nebeneinander her und jeder suchte nach Sätzen, aus denen ein Gespräch werden könnte.

»Du scheinst die Berge dem Meer vorzuziehen. Wenn man an Italien denkt, stehen doch an erster Stelle Sonne und Strand.«

»Das gilt aber nicht für alle Italienurlauber. Denk zum Beispiel an Umbrien, diese Region verfügt über gar keinen Strand. Und auch in der Toskana ist man nicht immer in Meernähe. All die Städtetouristen, die nicht in der Sonne liegen wollen, die wegen der Kultur und vielleicht auch wegen der Küche unterwegs sind.«

»Ja, ja, du hast recht, war so mein erster Gedanke. Und warum bist *du* hier gelandet? Die ›Frühstücksfrage‹, erinnerst du dich? Was hat dich bewogen, dich in dieser Gegend umzuschauen? Ich muss zugeben, dass ich vorher noch nie etwas von den Marken gehört habe.«

»Vielleicht bin ich gerade deswegen hierher gegangen. Weil ich es nicht kannte und weil viele andere es auch nicht kennen. Das klang nach Ruhe und ich dachte an die Menschen, die in Zukunft meine Kunden werden sollten, die sich auch nach Ruhe sehnten. Die dem Druck ausweichen wollten, jedes Highlight besichtigt haben zu müssen. Italien genießen ohne Schiefen Turm von Pisa, Kolosseum oder Uffizien. Landschaft, Zeit, gutes Essen. Einfach runterkommen, eine Hamsterradpause einlegen. Und dann darf man den finanziellen Aspekt nicht unterschätzen. Die Preise für Immobilien sind hier noch nicht abgehoben und vor allem gibt es jede Menge Ruinen, aus denen man nach den eigenen Vorstellungen etwas machen kann.«

»Ruinen? Heißt das, bei dir standen quasi nur noch die Grundmauern?«

»Nein. Wenn ich von Ruinen spreche, meine ich Objekte, an denen einiges gemacht werden muss, die nicht bewohnbar sind, aber immerhin über ein Dach verfügen. Wenn wir zurück sind, werde ich dir die Fotos zeigen. Ich habe alles dokumentiert. Ich schaue sie mir selbst immer wieder gerne an.«

Bevor sie in den Wald kamen, drehte Charlotte sich um. »Schau Dirk, da liegt es in der Ferne, mein kleines Paradies!« Sie wunderte sich selbst über ihre Begeisterung, die ihr in den letzten Wochen oder sogar Monaten abhandengekommen schien.

Im Wald schlug ihnen eine angenehme Kühle entgegen und im Schatten der Bäume schob sich Dirk die Sonnenbrille ins Haar. Charlotte behielt ihre auf. Als würde die Atmosphäre es ihnen auferlegen, sprachen sie kein Wort mehr. Erst als sie wieder aus dem Schatten in die Sonne traten, machte Charlotte ihn auf Fabriano aufmerksam, das zwischen den beiden Hügelketten im Tal lag. Ein ockerfarbener Flecken, gehalten von einem lichten Straßennetz.

»Der nächst größere Ort. Dort mache ich den Wocheneinkauf, besuche meinen Frisör, gehe zum Zahnarzt und treffe mich mit meinem Steuerberater. Nicht alles auf einmal, versteht sich!« Sie lachte und spürte eine gute Laune, die sie gar nicht zulassen wollte. Mit dem Zeigefinger drückte sie die Brille an den Nasenrücken und nahm den Weg wieder auf. »Noch ein halbes Stündchen, dann sind wir oben und du wirst den Rucksack wieder los.«

»Den nehme ich gar nicht mehr wahr, es macht mir viel zu viel Vergnügen, neben dir deinen Hausberg zu besteigen. Es geht mir so gut wie schon lange nicht mehr und ich glaube, Charlotte, du bist die Schuldige!«

»Aber ich muss deswegen nicht ins Gefängnis?« Sie rannte los und behauptete, auf der Flucht zu sein. Das war Charlotte auch, weg vom Kompliment, das sich an ihren Panzer geheftet hatte und anfing, daran zu nagen. Dirk musste sich scheinbar nicht anstrengen, sie einzuholen. Mit beiden Armen packte er sie von hinten und machte Anstalten, sie nicht mehr loszulassen.

»Ich glaube, jetzt werden wir albern.« Charlotte wand sich aus der Umarmung.

Das letzte Stück gingen sie wieder schweigend nebeneinander her, jeder mit seinen Gedanken beschäftigt. Charlotte versuchte das Durcheinander im Kopf zu sortieren. Sie wünschte sich, wieder klar denken zu können.

Oben angekommen war es der Ausblick, der dem Grübeln ein Ende setzte. Sie schauten nach Umbrien hinein, nochmals auf Fabriano, das noch kleiner geworden schien. Charlotte zeigte in Richtung Meer, das nur an ganz klaren Tagen von hier aus zu sehen war, und auf die Sibillinischen Berge. Dann suchten sie sich einen Schattenplatz, der sich aber schnell als zu kühl herausstellte, noch bevor sie den Rucksack ausgepackt hatten.

Sie setzten sich ins Gras, das vom heißen Sommer trocken und hoch stand, drückten sich eine ausreichende Fläche platt und tranken gierig vom mitgebrachten Wasser. Beide hatten sie nicht bemerkt, wie durstig sie waren und schauten sich erleichtert in die erhitzten Gesichter, nachdem jeder seine Flasche abgesetzt hatte.

Ob er auch Hunger habe, fragte Charlotte, die im Rucksack nach den Tramezzini suchte. Bevor sie die herausnahm, gab sie Dirk den Wein und den Korkenzieher, der sich sofort an seine Aufgabe machte.

»Herr Kessler, als Flaschenöffner würde ich Sie doch glatt einstellen, das machen Sie wunderbar!« Da war sie wieder, diese gute Laune, der zu Charlottes Erleichterung gleich der Ärger folgte, denn sie hatte die Gläser vergessen.

»Wir werden aus der Flasche trinken müssen.«, sagte sie und es entging ihr nicht, wie sich Dirk über dieses Stückchen Intimität freute. Er lächelte und sie wunderte sich, warum seine Schneidezähne auf einmal gar nicht mehr so riesig wirkten.

Die kleinen Weißbrotdreiecke mit der Thunfischcreme schmeckten Paul sensationell gut, wie er immer wieder bekundete, hätten aber die Tendenz, am Gaumen kleben zu bleiben. Der Rotwein würde sich allerdings bestens eignen, alles freizuspülen, und so gab es für ihn immer wieder einen Grund zur Flasche zu greifen.

»Das ist die Milch im Brot, die macht es so pappig.« Auch Charlotte nahm nach jedem Happen einen Schluck und als die Tramezzini aufgegessen waren, suchte sie für die noch nicht ganz geleerte

Flasche eine Stelle, wo sie nicht umfallen konnte. Dann legte sie sich ins Gras und auch Paul streckte sich aus. Gerne hätte er Charlottes Hand berührt, die neben ihm lag, aber da war seine innere Stimme, die *nein* sagte, und er traute ihr. Er verschränkte die Arme hinter dem Kopf, schloss die Augen und suchte nach einer Erklärung für Charlottes ablehnendes Verhalten. Paul selbst hatte das Gefühl von Verliebtheit, aber auch Zweifel, ob das nach so kurzer Zeit überhaupt möglich sein könnte. Sie war ihm auf jeden Fall sehr sympathisch und hübsch war sie obendrein. Warum sollte er derjenige sein, der Glückliche, auf den dieses große Los fallen könnte? Paul Pokatzky, der ›große Frauenheld‹, der sich vor Zulauf nicht retten kann! Hahaha! Er holte tief Luft. Schön wäre es trotzdem, das spürte er ganz deutlich. Dann döste er ein und verlor sich in einem Traum.

Die Herbstsonne trug dazu bei. Wohldosiert traf sie auf die ihr zugewandten Gesichter, kaum wahrnehmbar, aber ideal, um wegzudämmern.

»Warum warst du nie verheiratet?«

Paul schreckte auf, musste sich wieder in der Realität einfinden, in der Charlotte mit geschlossenen Augen neben ihm lag und auf eine Antwort wartete.

Er starrte in den Himmel, über dessen Blau ein paar versprengte Wolken in aller Ruhe hinwegzogen.

»Sag, warum. Das würde mich interessieren.«

Die Wahrheit wäre einfach und ihm auch ein Bedürfnis gewesen, nach diesem Traum, in dem das Morgenlicht von Charlottes lockigem Haar reflektiert wurde und er neben ihr lag. Er hatte offensichtlich die ganze Nacht neben ihr gelegen. Nackt. Das würde einem nicht im Traum einfallen … eine Redensart, die vorbei flatterte, und an die Paul kurz seine Gedanken hängte.

»Dirk!« Charlotte behielt die Augen geschlossen.

Paul ließ sich Zeit mit der Antwort. So viel, dass man es als berechtigtes Zögern deuten konnte. Diese Zeit brauchte er auch. »Ich war mal nahe dran zu heiraten. Sie war Fotografin und sollte unser Projekt dokumentieren. Wir hatten den Auftrag, eine stillgelegte Mülldeponie wieder in die Landschaft einzugliedern. Ich kam gerade von der Uni und auch sie arbeitete noch nicht lange als Fotoassistentin. Nach drei Monaten sind wir zusammengezogen und nach knapp sechs Jahren dachten wir ans Heiraten. Aber dann bekam sie das Angebot, eine Fotosafari zu begleiten. Danach holte sie ihre Sachen ab und zog nach Bochum zu einem Bernd.« Paul betrachtete seinen Einfall als überaus gelungen, zumal er sich auf solche Fragen gar nicht vorbereitet hatte. Er nahm die Arme wieder nach vorn, kreuzte sie über der Brust, zog die Beine an und schlug sie rhythmisch aneinander.

»Aber das dürfte doch schon einige Jahre her sein. Ergab sich nichts mehr in der Zwischenzeit?«

Die *Zwischenzeit* ... Paul streckte die Beine wieder aus, überschlug im Kopf schnell die Lücke und kam auf fünfzehn Jahre ›Beziehungsleerlauf‹, die er jetzt füllen musste.

»Ich glaube, es waren zwei Jahre, die ich trauerte oder besser gesagt, die Nase erst einmal voll hatte. Also zu viel Angst vor Enttäuschung. Verlassen zu werden ist nicht schön!«

»Wem sagst du das, Alex hat mich auch einfach verlassen. Ohne Ankündigung ...« Sie stützte sich auf ihre Unterarme und schaute Paul an.

»Ich glaube, es macht einen Unterschied, ob jemand nicht mehr da ist, weil er gestorben ist, oder ob man verlassen wird.«

Charlotte setzte sich abrupt auf. »Wie soll ich das denn verstehen? Verlassenwerden zweiter Klasse? Mir wurde eine gemeinsame Zukunft gestohlen!«

»Mir auch. Aber nicht wegen eines Schicksalsschlags. Aus reinem Egoismus. Und ich war dann auch noch so blöde und habe die Schuld bei mir gesucht, habe etliche Situationen Revue passieren lassen und mich gefragt, was falsch gelaufen ist. Im ersten Jahr habe ich immer noch mit der Hoffnung gelebt, sie würde zurückkommen. In deinem Fall ist es anders. Da gibt es keine Hoffnung mehr, die Sache ist endgültig. Man muss nur in eine Richtung trauern.«

»Was nimmst du dir eigentlich raus? Wir kennen uns doch kaum! Da bist du ein paar Stunden mit mir zusammen und stellst so eine dumme Behauptung auf!«

Paul hatte gar nicht mehr über die Folgen des Gesagten nachgedacht, er hatte einfach an seiner Geschichte weitergestrickt, die sich fast schon wie erlebt anfühlte. Ihm wurde sofort klar, dass er zurückrudern musste, dem alles herunterziehenden Strudel ausweichen.

»Dein Alex hat dich geliebt, dessen kannst du dir doch sicher sein. Meine Fotografin schien für mich nicht mehr viel empfunden zu haben, sonst wäre es ihr auch nicht so leichtgefallen, nach ein paar abgelichteten Elefanten und Löwen unsere gemeinsamen Pläne einfach über den Haufen zu werfen.«

Beide schauten eine ganze Weile den davonziehenden Wolken hinterher.

»Hat sie nur Elefanten und Löwen fotografiert? Gab es nicht auch Zebras und Giraffen?« Charlotte lachte.

Ein künstliches Lachen, und Paul war überzeugt, dass sie nur die sich anbahnende Missstimmung vermeiden wollte.

»Es ist der erste von drei Tagen, der sollte nicht in einer Katastrophe enden.« Dann senkte Charlotte ihre Stimme. »Du hast recht, ich muss mich ›lediglich‹ mit dem Unumkehrbaren abfinden. Und … ich kann seine Liebe heute nicht einmal mehr richtig einordnen. Das ist das Schlimmste.«

Paul war sehr verwundert über die plötzliche Stimmungsschwankung, aber auch erleichtert, weil er sich weder um Schadenbegrenzung kümmern, noch nach einer Erklärung für die ›Zwischenzeit‹ suchen musste. Stattdessen nahm er die Flasche mit dem Restwein und schlug vor, auf die Zebras und Giraffen anzustoßen. Sein Blick hing an Charlottes überstrecktem Hals, als sie die Flasche ansetzte und den Kopf nach hinten beugte. Den hätte er jetzt gerne geküsst.

»So, der letzte Tropfen ist für dich, dann sollten wir uns auf den Rückweg machen, damit mein Zeitplan auch aufgehen kann.«

Gerade noch waren es Charlottes Lippen, die die

Öffnung berührt hatten. Dann eben nur der Flaschenhals. Paul drückte seine Lippen fast zärtlich auf die noch warme Stelle. Der Wein wurde zur Nebensache.

»Dirk, die Flasche ist leer, mehr kommt nicht raus. Wir sollten gehen.«

»Wer drängt uns denn? Und wozu brauchen wir einen Zeitplan?«

Als hätte sie die Frage gar nicht gehört, lief Charlotte einfach los. Paul verstaute im Gehen die leere Flasche im Rucksack und folgte ihr, nicht ohne einen Anflug von Ärger, war er doch gerade dabei, etwas Kontrolle über sein Leben zu bekommen und Selbstbestimmung zu praktizieren.

»Wenn wir unten sind, könntest du noch schwimmen, bevor die Sonne verschwindet.« Charlotte hatte sich kurz umgedreht. Dann konzentrierte sie sich wieder auf den schmalen Pfad mit den vom Regen ausgewaschenen Vertiefungen und herausstehenden Felsbrocken. Auch Paul musste darauf achten, wohin er seine Füße setzte und so klang es, als würde er zu sich selbst sprechen, als er sagte, dass er das auch ohne ihren Vorschlag gemacht hätte. Kurz vor dem Wald wurde der Weg wieder breiter und sie konnten Seite an Seite weiterlaufen. Das Gefälle war anspruchslos, sie schlenderten den Berg hinunter und die Unterhaltung schlenderte mit.

Wie wichtig der Sport sei, dass die Italiener bewegungsfaul seien, was man schon daran ausmachen könne, dass auf dieser Strecke in den seltensten Fällen jemand anzutreffen war. Ob Funktionswäsche wirklich so praktisch sei, man würde schnell nach Schweiß stinken und außerdem sei sie durchweg aus Synthetik hergestellt und der Abrieb beim Waschen würde als Mikroplastik im Meer landen.

Charlotte kritisierte den Verpackungsmüll in Italien, Paul behauptete, dass das in Deutschland auch nicht besser sei, woraufhin Charlotte auf die Flut von Einwegflaschen aus Kunststoff in ihrer Wahlheimat aufmerksam machte. Als sie in den Wald kamen, war die Trinkwasserqualität ihr Thema. Beide schoben ihre Sonnenbrillen ins Haar und waren der Meinung, dass man generell verbieten sollte, Mineralwasser aus dem Himalaya oder sonst woher um den Erdball zu karren. Überhaupt das Reisen in alle Welt, und ob nachhaltiger Tourismus irgendetwas bringe, diese Angebote, seine persönliche CO_2 Bilanz zu verbessern, nur damit man mit gutem Gewissen unterwegs sein könne. Sie, Charlotte, sei doch aber auch auf Reisende angewiesen, bemerkte Paul, die kämen alle über die Alpen zu ihrem kleinen Paradies.

Das wurde wieder sichtbar, als sie aus dem Wald herauskamen. Charlotte rückte die Sonnenbrille zurück auf die Nase, verschwand kommentarlos hinter den dunklen Gläsern und das eintretende Schweigen wurde mit dem Ausblick überbrückt.

»Wer weiß, ob meine Ehe mit Alex bis heute gehalten hätte. Dafür gibt es keine Garantie.« Als hätte sie diese Gedanken schon die ganze Zeit mit sich herumgetragen und sich in diesem Moment entschlossen, sie rauszulassen.

Paul, der eine ganz andere Reaktion auf seine Bemerkung erwartete, die er sofort bereut hatte, war erleichtert, doch ohne Bereitschaft, das Thema ernsthaft zu diskutieren.

»Niemand kann in die Zukunft schauen, mit oder ohne Glaskugel. Die müssen wir nehmen, wie sie kommt, die ist nicht aufzuhalten. Allerdings: ich gehe davon aus, dass du ein bisschen in die Zukunft schauen kannst. Was gibt es heute zum Abendessen?«

»Minestrone. Dass wir heute Minestrone essen, wurde von mir vor ein paar Tagen geplant. Das heißt, man kann die Zukunft durchaus beeinflussen oder besser gesagt, man kann sie mitgestalten, wir müssen sie nicht zwangsläufig ungebremst auf uns zukommen lassen.«

Das hatte Pauls Mutter auch nicht getan. Die hatte sich gekümmert, hatte mitgestaltet. Aus dir wird nochmal was …

Paul hatte keine Ahnung, wie lange er den kreisenden Bildern in seinem Kopf gefolgt war. Zumindest sah ihn Charlotte nicht verstört an.

»Da will ich dir nicht widersprechen, im Grunde gestalten wir mit all unseren Vorhaben unsere Zukunft mit. Aber jedes Eingreifen, wenn ich das mal so sagen darf, zieht Folgeveränderungen nach sich. Ein Beispiel: Du hast Minestrone gekocht und ich verbrenne mir heute Abend den Mund daran. Das hast du sicherlich nicht geplant.«

»Ich könnte aber sagen: Vorsicht heiß.«

»Ok, dann verschlucke ich mich eben. Spaß beiseite, ich weiß nicht, was einen größeren Raum einnimmt; die eigene Aktivität oder die äußeren Einflüsse. Nehmen wir deinen Alex. Er hatte beschlossen, Architekt zu werden. Wäre er Pilot geworden, würde er wahrscheinlich noch leben.«

»Wovon ich nichts hätte, denn dann wäre er sicherlich nicht jeden Mittwoch in die Volkshochschule gegangen, um Italienisch zu lernen. Sprich, wir hätten uns erst gar nicht kennengelernt.«

»Und ich wäre nicht hier, wir würden nicht auf dein Paradies zulaufen, das es auch gar nicht gäbe und genauso wenig Minestrone am Abend.«

»Kennst du den Schmetterlingseffekt?« Charlotte lief wieder vor, weil der Weg schmal wurde und ziemlich steil nach unten führte. »Die Theorie, dass der Flügelschlag eines Schmetterlings in Brasilien einen Tornado in Texas auslösen kann?« Sie schrie fast, damit er sie hören konnte.

»Die Chaostheorie, ja, die kenne ich. Schicksalhafte Kettenreaktionen«, auch Paul schrie, während er nach unten schaute und beinahe in Charlotte reingelaufen wäre, die stehengeblieben war und sich umgedreht hatte.

»Muss ja nicht immer im Chaos enden«, sagte sie, »kann ja auch zu einem Happyend führen.«

»Das ist das, was ich anstrebe!«

»Denke an die Folgeveränderungen!« Charlotte kümmerte sich wieder um den Abstieg.

Es wurde ein wortloser Streckenabschnitt, gepflastert mit Zukunftsgedanken. Paul dachte an die Dichtungstechnik und all das, was damit zusammenhing, was er hinschmeißen würde, wenn von Charlotte grünes Licht käme. Es sei denn, sie wollte ihn schnell wieder loswerden.

Vor der Einfahrt ging es allerdings um die Gegenwart: Die Schlüssel waren nicht mehr in Charlottes Gesäßtasche. Mit beiden Händen fuhr sie mehrmals in jede Tasche ihrer Jeans, und auch, nachdem sie den Rucksack völlig entleert hatte, blieben die Schlüssel verschwunden.

»Sie müssen mir aus der Tasche gerutscht sein, als wir auf der Wiese lagen.«

»Das heißt, wir müssen zurück?«

»Nein, ich habe einen am Haus deponiert. Aber morgen müssen wir nochmal auf den Berg, das tut mir leid!«

Paul fand das gar nicht dramatisch, er freute sich sogar auf einen weiteren Aufstieg. »Wir könnten vielleicht direkt nach dem Frühstück und somit bei einem ganz anderen Licht starten.«

»Bevor du den Berg besteigst, musst du über das Tor klettern. Der Ersatzschlüssel liegt unter einem losen Stein der Küchenterrasse. Links von der Terrassentür.«

Charlotte wunderte sich, Dirk so schnell auf der anderen Seite zu sehen, hatte sie sich doch eingebildet, dass das Tor ein schwer zu überwindendes Hindernis sei und für ihre Sicherheit sorgte.

Sie schloss die Eingangstür auf, wobei ihnen ein leicht muffiger Geruch entgegenschlug.

»Ich würde mich freuen, wenn du mir bei Gelegenheit die Geschichte des Hauses erzählst. Aber später. Der Pool liegt so verführerisch in der Nachmittagssonne, ich würde gerne noch ein paar Bahnen ziehen.«

»Faccia pure ... mach ruhig. Viel Vergnügen.« Sie legte den Rucksack in der Küche ab, dann ging sie nach oben.

Charlotte stand, nachdem sie geduscht hatte, in ein Handtuch eingewickelt an ihrem Schlafzimmerfenster im Obergeschoss, von wo aus ein Großteil des Beckens einzusehen war. Das Wasser kräuselte sich und im nächsten Augenblick tauchte Dirk auf. Intuitiv wich sie einen Schritt zurück, blieb hinter dem dunkelgrauen Vorhang stehen und schob ihn nur wenig zur Seite, um unbemerkt zu bleiben. Eine völlig unnötige Vorsicht, denn Dirk schwamm konzentriert seine Bahnen und wenn sein Kopf aus dem Wasser stieß, reichte es gerade, um Luft zu holen. Dann verschwand er wieder und Charlotte schob ihren Kopf ein Stück nach vorn, so wie man sich Kleingedrucktem nähert, um es besser lesen zu können. Immer wieder schoss mit dem Schwung beider Arme Dirks Oberkörper aus der aufgewühlten Oberfläche. Ein kurzer Moment, in dem sie fasziniert das Muskelspiel verfolgte. Tauchte er wieder ab, war es sein Gesäß, das sich aus dem Wasser hob. Charlotte war fast ein wenig enttäuscht, dass er nicht nackt schwamm. Dass sie gleich zum Gartenhäuschen gehen wollte, um Zwiebeln, die dort zum Trocknen hingen, für die Minestrone zu holen, hatte sie vergessen. Der wiederkehrende Rhythmus und die Wellenbewegung seines Körpers, mit denen Dirk durchs Wasser pflügte, kam der Wirkung eines Pendels bei der Hypnose gleich. Wie in Trance starrte Charlotte auf das Stückchen Türkis im Garten, während sich ihre freie Hand unter das Handtuch schob und die andere weiterhin am Vorhang klammerte. Sie stöhnte und tat es immer noch, als sie schon zusammengesunken vor ihrem Schlafzimmerfenster lag.

Dann weinte sie. »Alex, wo bist du?«

Kochen hatte für Charlotte schon immer eine ablenkende Wirkung. Die Konzentration auf das, was sie tat, zerstreute die Gedanken, die sie nicht in ihrem Kopf haben wollte. Mit Hingabe würfelte sie die Zwiebel und den Knoblauch, und als sie den Speck in einem großen Topf anbriet, kam Dirk in die Küche.

Die nassen Haare ließen seine Gesichtszüge markanter wirken und Charlotte schaute verstohlen auf das frische T-Shirt, unter dem sich die Muskeln abzeichneten, die sie gerade noch hatte bewundern können. »Kann ich dir helfen?«

»Ungern. Wenn ich koche, tue ich das am liebsten allein. Sei mir nicht böse, das hat nichts mit dir zu tun. Du hilfst mir, wenn du mich mit meinem Gemüse allein lässt.«

»Tatenlos ist aber auch nichts für mich!«

»Du warst doch gerade schwimmen.«

»Ich habe ein bisschen geplantscht!«

»Das sah aber nicht wie Plantschen aus!«

»Ich will damit sagen, dass das nicht einmal zum Warmwerden reichte. Wie konntest du mich überhaupt sehen?«

»Vom Schlafzimmerfenster aus. War das Schmetterlingsstil oder Delfin oder wie sagt man dazu?«

»Früher sagte man Delfin, seit der Olympiade neunzehnhundertzweiundfünfzig heißt er Schmetterlingsstil. Hat sich aus …«

»Bitte, Dirk«, Charlotte schob ihn mit beiden Händen zur Küchentür, »das kannst du mir dann alles beim Abendessen erklären.«

»Ich kann dir wirklich nicht nützlich sein?«

»Doch, wenn du verschwindest! Wirklich Dirk, mach einen Spaziergang durch den Garten oder lass dir sonst was einfallen.«

»Ich könnte nach der Lampe über der Küchenterrassentür schauen! Hast du eine Leiter oder sag mir einfach, wo ich eine finde.« Die fand Paul dann im Gartenhäuschen, wo auch die Zwiebeln und der Knoblauch unter dem Dachvorsprung hingen. Das nötige Werkzeug fand er ebenfalls dort.

Aus der Küche drang ein ausdauerndes Klack-Klack. Einen kurzen Moment verstummte es und das Küchenfenster erhellte sich. Charlotte hatte das Licht angemacht. Das Klacken war wieder zu hören und Paul, der auf der Leiter stand, nahm eine Sprosse abwärts. Er beugte sich so weit nach unten, dass er in die Küche schauen konnte.

Charlotte ließ das Messer mit einer unglaublichen Geschwindigkeit durchs Gemüse sausen und nur, wenn sie nach einem neuen Stück griff, gab es einen kurzen Aussetzer. Ganz vertieft war sie in ihre Arbeit und Paul konnte sie ungestört beobachten, wobei ihm die Perspektive gut gefiel und Charlotte immer mehr. Aber er stand wegen der Lampe auf der Leiter, also ging er wieder nach oben und musste feststellen, dass es höchste Zeit wurde, denn die eintretende Dämmerung machte es ihm schwer, die Schrauben zu finden. Er konnte aber auch so keinen Defekt erkennen und überprüfte vorsorglich die Lüsterklemmen, bevor er die Lampe wieder anschraubte. Aus der Küche war kein Klacken mehr zu hören und auch Charlotte war nicht mehr zu sehen. Paul stieg von der Leiter, drückte den Schalter und erschrak, als sie in diesem Augenblick mit einem Sträußchen Petersilie in der Hand um die Ecke kam und klatschte.

Sie standen einander im Lichtkegel gegenüber wie auf einer Bühne. Charlotte spitzte ihren Mund, Paul beugte sich hoffnungsvoll zu ihr herab, doch sie erhob sich auf die Zehenspitzen und hauchte einen schnellen Kuss auf seine Stirn.

»Danke.« Dann drückte sie ihm die Petersilie wie einen Blumenstrauß in die Hand, nahm sie ihm aber sofort wieder weg, »ist ja eigentlich für die Suppe.«

Die schmeckte Paul vorzüglich, sagte er ihr sofort, woraufhin Charlotte lächelte und ihm erklärte, dass sie das Wort *vorzüglich* nicht ausstehen könne.

Diesmal gab es keinen Prosecco vorweg, in die Weingläser hatte sie die Reste vom Rosso Piceno des gestrigen Abends verteilt, ansonsten nur Wasser wegen der Leberwerte, wie sie sagte. Der Tisch aber war wieder mit Liebe gedeckt, wie Paul bemerkte, und gleich die Frage hinterherschob, ob sie auch diesen Ausdruck nicht ausstehen könne.

»Du darfst mich nicht immer ernst nehmen«, sagte Charlotte. Den Kuss auf die Stirn nahm Paul ernst.

»Erzähl mir etwas zum Schmetterlingsschwimmen.«

Er war der Meinung, sie damit nur zu langweilen, beließ es bei der Kurzbeschreibung der Technik, zwei Beinschläge auf einen Armzug, was nicht ganz einfach sei, diesen Rhythmus zu verinnerlichen und dann ohne Nachdenken auszuführen. »Ein komplizierter Schwimmstil und auch der schwerste. Aber als Kind hatte mich gereizt, über diesen Weg ganz vorn mit dabei sein zu können. Wenn du morgen mit ins Wasser kommst, sollest du es selbst ausprobieren. Ich bin ein guter Lehrer.«

Charlotte sagte, dass sie die Entscheidung den Wassertemperaturen überlassen wolle, schien sich aber darauf zu freuen.

Jeder hatte zwei Teller Minestrone gegessen, einen dritten lehnte Paul ab, es müsse noch ausreichend Platz fürs Tiramisu bleiben.

»Oh, das musste ich heute Morgen in den Müll werfen. Ich hatte vergessen, es in den Kühlschrank zu stellen und wegen der frischen Eier ... ich wollte kein Risiko eingehen. Tut mir leid!«

Ersatzweise Weintrauben oder Birnen wollte er nicht und ging nach draußen, um eine Zigarette zu rauchen.

»Dann hole ich die Fotobücher«, rief Charlotte hinter ihm her. Sie hatte das Gefühl, etwas gutmachen zu müssen, räumte den Tisch frei und brachte zwei dicke Alben. Die ersten Seiten waren von all den Häusern belegt, für die sie sich nicht entschieden hatte. Heruntergekommene Anwesen inmitten einer wuchernden Vegetation, um die sich offensichtlich auch seit Jahren niemand mehr gekümmert hatte. *Casa Lumaca* hatte Charlotte auf eine Seite in schnörkeliger Schönschrift gemalt, darunter klebte ein einziges Foto, auf das Dirk mit dem Finger zeigte.»Das hätte ich auch nicht genommen.«

Aber Charlotte hatte es genommen. Wegen des Blicks und der absoluten Alleinlage. Und auch wegen einer Schnecke. Und vielleicht auch, weil sie müde wurde nach all den Besichtigungen, dem ewig gleichen Gestank nach Moder, verlassenem Stall und abgestandener Sommerhitze. Nach all den Hoheliedern der Makler, welch ein Potenzial in den Objekten stecke.

Das konnte sie zumindest ansatzweise bei dem Haus erkennen, auf das sie sich letztendlich festlegte. Dort hatte eine Schnecke über drei ausgetreten Stufen eine Schleimspur hinterlassen und schien mit ihrem eigenen Haus auf dem Rücken vor verschlossener Tür zu warten. Charlotte hatte sie in die trockene Unkrautvielfalt an der Hauswand gesetzt, damit sie nicht zertreten wurde. Später, nachdem alle Räumlichkeiten abgeschritten waren und Charlotte nach draußen ging, weil der Makler ein dringendes Telefongespräch führen musste, suchte sie die Schnecke. Sie lag noch da, wo sie sie in Sicherheit gebracht hatte. Charlotte packte sie am Häuschen und verkündete, dass sie ihr nun als Orakel dienen müsse. Wenn sie sich wieder in Richtung Tür bewege, bräuchte sie über eine Kaufentscheidung nicht mehr nachzudenken. Die Schnecke war auf dem Weg, als der Makler die Tür öffnete. Charlottes Schrei übertönte das Knacken und mit deutlicher Trauer in der Stimme sagte sie: »Ich nehme es.«

»›Casa Lumaca‹ heißt frei übersetzt Schneckenhaus. In sauberem Italienisch ›guscio di lumaca‹. Aber welcher Gast hätte das schon aussprechen können!«

Dirk zog das Buch zu sich heran. »Unglaublich dieser Wandel! Schiere Zauberei!« Er blätterte weiter, legte die knisternden Pargaminschutzseiten vorsichtig um, und auch Charlotte ließ sich von dieser Begeisterung anstecken und empfand Stolz, weil Dirk nicht aufhörte, bewundernd seinen Kopf zu schütteln.

Nach einer kurzen Pause ging er ein paar Seiten zurück, um gleich wieder nach vorn zu gehen und seinen Finger auf all die Fotos zu legen, auf denen immer derselbe lachende Mann vor dem Bau stand. Mal mit Helm, mal ohne, dann aber mit schütterem Haar.

»Ist das der Zauberer?«, fragte er.

»Ja. Luca Rossetti, mein Geometer.«

»Der, der auch bei der Olivenernte hilft?«

»Ja, der …«

»Und wo hilft der noch?«

Dem Tonfall entnahm Charlotte einen Ansatz von Eifersucht. Darüber freute sie sich. Keine Max & Moritz-Schadenfreude. Sie freute sich wirklich.

Sie verharmloste Luca Rossetti. Er habe sich mehr erhofft als eine Geschäftsbeziehung. Es sei auch mehr draus geworden, hätte aber bei Freundschaft ein Ende gefunden. »Er ist ein Freund, ein guter Freund, mehr nicht. Einer, der mit mittlerweile dreiundvierzig Jahren noch bei seiner Mutter wohnt. ›Mammoni‹ heißen diese Muttersöhnchen.« Sie drehte die Augen nach oben. »Nesthocker, die *La mamma* erst verlassen, wenn sie in den Hafen der Ehe einlaufen. Den hat Luca noch nicht angesteuert, allerdings hat er ein Verhältnis mit einer verheirateten Frau. Das ist ein Schicksalsschlag für eine italienische Mutter. In ihrem Fall weiß der ganze Ort Bescheid, aber sie tut einfach so, als ob sie davon nichts wüsste.«

»Der Garten ist ein Wahnsinn! Über den staune ich selbst als Fachmann.« Dirk hatte eindeutig genug von Lucas Privatleben.

»Keine Lorbeeren für mich, darum hat sich eine Gartenbaufirma gekümmert. Was das Haus angeht, da hatte ich schon meine Finger mit im Spiel.«

»Sollte es für uns kein Wiedersehen auf dem privaten Sektor geben, ich werde hier Urlaub machen! Das ist eine Drohung.« Dirk griff nach Charlottes Arm. »Hätte ich denn überhaupt eine Chance, dich wiederzusehen, ohne vorher gebucht zu haben? Ich frage dich, weil ich von deiner Seite Widerstand spüre. Widerstand mit gelegentlich schwachen Stellen, die mir Hoffnung machen. Meinerseits darf ich dir sagen, dass ich dich sehr sympathisch finde. Sogar etwas darüber hinaus. Darauf würde ich jetzt gerne anstoßen, aber du hast recht, wir hatten genug Alkohol heute.«

Dirk hob sein leeres Weinglas und wartete offensichtlich auf eine Antwort.

Die wollte Charlotte noch nicht geben, sie verwies auf die beiden verbleibenden Tage. Jetzt war es Dirk, der Charlotte einen Kuss auf die Stirn drückte, bevor er sich verabschiedete. Es schien, als wollte er die Unterhaltung nicht fortsetzen.

Das Licht auf der Terrasse brannte weiterhin zuverlässig und Charlotte tat es leid, dass sie das Tiramisu in den Müll geworfen hatte.

TAG ZWEI

Charlotte hatte schlecht geschlafen. Sie lag schon lange wach und schaute immer wieder zum Spalt im Vorhang, durch das sich das Licht mit zunehmender Helligkeit drückte. Es schien ein schöner Tag zu werden. Zumindest aus meteorologischen Sicht. Und sonst? Was könnte ihn noch schön machen? Sie schloss die Augen und ließ Dirk durchs Becken schwimmen. Im Schmetterlingsstil. Fast ohrfeigte sie sich dafür, solch einen abgedroschenen Gedanken zuzulassen, ob da nicht auch ein Schmetterling in ihrem Bauch flattere. Von diesen Gauklern hatte sie schon genug in ihrem Leben.

Mit einem Satz sprang sie aus dem Bett. Frühstück. Ich werde jetzt erst einmal Frühstück machen!

Mit der richtigen Kleidung war das wieder draußen möglich. Der Nebel zauberte nicht mehr den Milchsee von gestern, lediglich in den Tälern hielt er sich an diesem Morgen auf.

Diesmal stellte sie noch Schinken und Käse auf den Tisch. Die Rosen in der Vase sahen fast besser aus als am Vortag.

Dirk kam vom Garten auf die Terrasse. Ganz in Ruhe habe er sich das Grundstück nochmal angeschaut und mit Gärtnerblick, erzählte er. Er umarmte Charlotte und hielt sie immer noch fest, da war das ›Guten Morgen‹ schon lange gesagt. Charlotte erwähnte den Kaffee, der durchgelaufen sein musste, und machte sich zögernd los, um in die Küche zu gehen.

»Heute ohne Sonnenbrille?«

Die trug sie dann wieder, als sie mit der Kanne zurückkam.

Diesmal frühstückten sie zügig, bestätigten sich gegenseitig, wunderbar geschlafen zu haben und bastelten an einer Wette, wer von beiden den Schlüssel finden würde.

Mit zwei Flaschen Wasser machten sie sich auf den Weg. Um die Mittagszeit wollten sie zurück sein.

»Was gibt es denn sonst noch für Kontakte neben diesem Luca Rossetti in deinem italienischen Leben?« Diesmal ging Dirk voran, der sich kurz zu Charlotte umdrehte.

»Welche Art von Kontakt? Der zum Metzger oder zur Bäuerin, bei der ich die Eier kaufe? Der Kontakt zum Steuerberater, der lediglich über meine Finanzen Bescheid weiß? Zum Frisör, dem ich die Neugierde nicht in seinem Sinne bediene? Zu den Leuten von der Müllabfuhr, dem Postboten?«

»Das klingt einsam.«

»Das ist einsam, mein Lieber! Besonders im Winter. Wenn Gäste da sind, gibt es Ablenkung. Aber wie das Wort schon sagt, eine Unterbrechung, Zerstreuung. Das, was im Leben drückt und nach Änderung verlangt, wenn eine Änderung denn überhaupt möglich ist, gerät in den Hintergrund. Das ist also kein Patentrezept. Lässt die Betäubung nach, tut es wieder weh.«

»Du hast mir erzählt, ich sei der Erste, mit dem du dich triffst. Kann es sein, dass du dich noch nicht festlegen willst? Ich weiß, wovon ich rede, man kann immer weiterstöbern, das Angebot lässt es zu.«

»Ich will mich weder festlegen, noch möchte ich weiterstöbern. Ich weiß im Grunde momentan gar nicht, was ich will.«

»Aber du hast doch diesen Weg eingeschlagen, du wolltest in deinem Leben etwas verändern, warum plötzlich so unsicher?«

Sie kamen in den Wald und wie beim gestrigen Aufstieg fingen sie erst wieder an zu reden, als sie ihn verließen.

»Ich komme mir wie eine Verräterin vor.«

»Wegen Alex?«

»Weißt du, warum ich nach Italien gegangen bin?« Charlotte erwartete keine Gegenfrage, ließ Dirk aber auch nicht die Zeit, eine zu stellen. »Ich bin nach Italien gegangen, weil es ein gemeinsamer Zukunftswunsch von Alex und mir war. Und weil es mit Alex keine Zukunft mehr gab, habe ich zusammen mit der Erinnerung an ihn Deutschland verlassen. Ich dachte, das reicht. Ich dachte, davon kann ich mein Leben lang zehren, auch, weil ich mir gar keinen anderen Menschen als Ersatz vorstellen konnte.«

»Konnte? Hat sich das geändert?«

»Sonst wäre ich ja nicht bei ›Lieblingsmensch‹ unterwegs gewesen.«

»Gewesen? Schaust du nicht mehr rein?«

»Und du? Schaust du noch rein?«

»Ich habe zuerst gefragt.« Beide legten an Tempo zu, als ginge es jetzt darum, den Schlüssel zu finden und eine Wette zu gewinnen. Eine Wette ohne Einsatz. Keiner hatte dazu einen Vorschlag gemacht. An der Stelle mit dem niedergedrückten Gras krochen sie auf allen vieren herum, und es war Dirk, der den Schlüssel triumphierend in die Höhe hielt.

»Oh, ich könnte dich küssen!« Charlotte griff danach.

»Dann tu es doch!«

Ganz schnell suchte sie wieder nur seine Stirn und wischte sich danach mit der Hand über die Lippen. »Du schwitzt.«

»Also, schaust du noch rein?«

»Nein, tu ich nicht, und du?«

»Manchmal, aber nur, um mir eine Bestätigung zu holen, dass ich die richtige Wahl getroffen habe.«

»Für mich hört sich das eher nach Unsicherheit an. Es könnte ja doch noch was Besseres im Sortiment sein. Wie weit gehst du dabei? Nur Bilder gucken und Profile scrollen oder kontaktierst du auch? Und wenn dir dabei *die* Traumfrau über den Weg läuft?« Charlotte hörte an ihrem Tonfall selbst, wie gereizt sie war.

»Die scheint sich vorgenommen zu haben, mir davonzulaufen.«

»Ich soll deine Traumfrau sein? Nach eineinhalb Tagen und in unserem Alter?«

»Ist das eine Altersfrage?« Er rückte etwas näher an Charlotte heran, was sie mit gemischten Gefühlen zu Kenntnis nahm. Beide saßen noch im Gras.

»Irgendwie schon. Teenager schwärmen, lassen sich schnell auf jemanden ein, denken nicht zukunftsorientiert, leben das Jetzt.«

»Schwärmen hat für mich etwas Oberflächliches,

und meist wird keine Reaktion von der anderen Seite erwartet.«

»Du kannst aber auch lieben und bekommst von der anderen Seite keine Reaktion.«

»In diesem Fall erwarte ich es aber, ich wünsche es mir ...« Dirk rückte noch ein Stück näher.

»Wir sollten zurückgehen.« Charlotte stand auf und klopfte sich mit beiden Händen das Gras von der Hose.

»Wie ich schon sagte: Sie bemüht sich, mir davonzulaufen!«

Charlotte war der schmale Pfad willkommen. Wie getrieben ging sie voran, setzte einen Fuß vor den anderen, wich geschickt den Wurzeln und Unebenheiten aus, manchmal sprang sie, tat kindlich, wollte Dirk Lebendigkeit vorgaukeln und vertuschen, dass sie eigentlich auf der Flucht war. Nur kurz schaute sie zurück, wollte den gewonnenen Abstand prüfen und übersah einen Stein. Weil sie den Sturz vermeiden wollte, war es der rechte Fuß, der alles abfangen musste und dabei umknickte. Charlotte setzte sich und griff mit schmerzverzerrtem Gesicht nach dem Gelenk. Dirk war mit drei Schritten bei ihr, ging in die Hocke und legte eine Hand auf ihren Kopf und eine auf die Schulter.

»Alles okay?«

»Nein, der Fuß.«

Der schwoll schnell an, und nachdem Charlotte mit Dirks Hilfe wieder auf den Beinen stand, musste sie feststellen, dass es recht schmerzhaft war, aufzutreten. Er bot an, sie zu tragen, was sie sofort ablehnte, auch weil es viel zu weit sei bis zum ›Casa Lumaca‹. So humpelte sie dem Wald entgegen und nahm Dirks Arm an, als sie im Schatten der Bäume wieder nebeneinander gehen konnten.

»Zur Mittagszeit werden wir bei dem Tempo nicht zurück sein!« Sie versuchte ein Lächeln, was ihr nur schwer gelang, sie musste bei jedem Schritt die Zähne zusammenbeißen.

»Du kannst es jetzt Schadenfreude nennen, das mit dem Davonlaufen gestaltet sich von nun an schwieriger.« Er zwinkerte ihr zu, sie lachte kurz auf, bevor sie stöhnte, sich von Dirks Arm löste und an den Wegrand setzte.

»Charlotte, das hat so keinen Zweck! Mit deiner Sturheit machst du alles nur schlimmer!«

»Wie meinst du das?«

»Ich meine deinen Fuß. Momentan geht es nur um deinen Fuß, und ob du willst oder nicht, ich werde dich jetzt tragen.«

»Ich will aber nicht!«

»Das diskutieren wir nicht aus, wir überlegen nur

noch, wie. Steh mal auf … geht das?« Er stellte sich mit dem Rücken vor Charlotte. »Du legst mir jetzt deine Arme über die Schultern und kreuzt sie vor meiner Brust.«

»Dirk, mein Retter in der Not!«

»Kreuzen habe ich gesagt!«

»Aye, aye Sir!«

»Jetzt, wo es ernst wird, wirst du lustig!«

Dirk griff überkreuzt nach Charlottes Handgelenken, beugte sich leicht nach vorn und Charlotte hob vom Boden ab. Dann lief er los und Charlotte lachte wie ein Kind, das blödelt.

»So geht das nicht! Ich leiste hier Schwerstarbeit!«

Und weil sie sich nicht den Mund zuhalten konnte, drückte sie ihr Gesicht in die Kuhle zwischen Dirks Hals und Schulter. Das Lachen verstummte und Charlotte sog langsam und tief Luft durch ihre Nase. Er roch gut. Ein Hauch Schweiß mischte sich mit dem warmen Dunst, von dem Charlotte nicht genug bekommen konnte. Mit geschlossenen Augen atmete sie ein und aus und drückte schwach ihre Lippen auf seine Haut.

»Pause!« Dirk drehte sich mit dem Rücken zum Wegrand, um Charlotte abzusetzen.

Ihr gefiel es gar nicht, so plötzlich aus der neuen Welt herausgerissen zu werden, tröstete sich aber mit der Reststrecke. Er streckte sich im trockenen Laub aus, um seinen Körper zu entspannen.

»Es tut mir so leid. Alles meine Schuld und nur, weil ich den Schlüssel verloren habe!«

»Schon gut. Ein ungewollter Einfluss auf unsere Zukunft. Es bleibt spannend! Aber jetzt sollten wir uns erst einmal überlegen, wie ich dich auf dem nächsten Teilstück transportiere. Vielleicht über den Schultern liegend, wie der Jäger das erlegte Reh.«

»Ich als Beute?«

»Du als Beute!«

Er ging in die Hocke und legte sich einen Arm von Charlotte über die Schulter. Ihren Körper wuchtete er über die andere Schulter, was nicht einfach war, denn Charlotte lachte schon wieder und war alles andere als eine Hilfe, zumal Dirk sich anstecken ließ.

»Ich bin jetzt ganz ernst«, sagte er nach einer Weile, umgriff ihre Beine und den Arm, der über seiner Brust hing und versuchte sich hochzustemmen. Es blieb beim Vorsatz, ernst zu bleiben, und sie landeten beide im Laub. Irgendwann lachten sie nicht mehr, schauten in die Baumwipfel, die vor dem Blau des Himmels hin und herwiegten und keiner wollte zum Aufbruch drängen. Charlotte erschrak, als Dirks Stimme in die Stille platzte.

»Das Ganze noch mal und ganz ohne Albernheiten, sonst kommen wir gar nicht mehr nach Hause.«

Sie war einsichtig und kooperativ, legte sich über seine rechte Schulter und er richtete sich auf.

»Unglaublich, was für eine Kraft du hast.« Ihr Kopf baumelte nach unten, sie vermisste die Kuhle am Hals und suchte am Rücken, wonach sie sich sehnte. Zweimal musste Dirk sie wieder absetzen, zweimal wechselte er die Tragetechnik und einmal konnte Charlotte ihr Gesicht wieder in die Kuhle drücken. Das letzte Stück, den Trampelpfad am Grundstück entlang, trug er Charlotte so, wie eine Braut über die Schwelle getragen wird. Sie umschlang seinen Hals, schaute ihn an, so wie Bräute schauen, und als Dirk nach dem Schlüssel fragte, schloss sie die Augen und ihre Lippen fanden den Weg blind.

Paul hatte keine Zeit, darüber nachzudenken, dass er kein leidenschaftlicher Küsser war. Was er spürte, spürte er gerne und drängte den Forderungen Charlottes heftig entgegen. Charlotte hielt ihre Augen geschlossen und auch Paul überließ sich allein seinen Gefühlen, die ihn überwältigten und nur einen kurzen Moment der Klarheit zuließen, um das Tor aufzuschließen.

Als beide die Augen wieder öffneten, sahen sie ihre Kleider verstreut auf dem Rasen liegen.

Charlotte hob benommen ihren Kopf. »Du hast das Tor nicht zugemacht!«

»Welch eine Schande! Darf ich dich trotzdem lieben?«

»Tust du das denn?«

»Immer mehr.«

Charlotte griff nach ihrem T-Shirt.

»Ist dir kalt?« Paul lag mit seinem Oberkörper schräg auf dem von Charlotte.

»Und wenn uns jemand gesehen hat?«

»Wer denn?« Paul streckte seinen Arm aus und nahm Charlotte das T-Shirt aus der Hand. »Schämst du dich?« Er selbst konnte es kaum fassen, mit welcher Selbstverständlichkeit er nackt im Vorgarten lag.

»Es ging alles so schnell! Ich würde gerne wissen, wie es ist …« Einen Moment verstummte Charlotte, ehe sie flüsterte: » Ich bin noch nie in meinem Leben so geküsst worden.«

Darüber freute sich Paul, legte seinen Kopf auf Charlottes Schlüsselbein, setzte einen zarten Kuss hinter den nächsten, den ganzen langen Hals entlang, bis er ihre Lippen spürte und alles von vorn anfing, nur langsamer eben.

Das Haus warf mittlerweile seinen Schatten auf das Rasenstück. Es war kühl geworden.

»Was macht dein Fuß?«

»Welcher Fuß?« Sie schmiegte sich noch mehr an Paul. Sie fröstelte.

Auch ein kaputter Fuß kann viel bewegen, dachte Paul und umschlang Charlotte nicht nur, um sie warmzuhalten.

In der Küche setzte er sie auf einem Stuhl ab und wickelte mit Hilfe eines Geschirrhandtuchs ein Kühlpad um ihren Knöchel.

Charlotte streichelte über seine verschwitzen Haare. »Kannst du kochen?«

»Bratkartoffeln, Spiegeleier, Spaghetti.«

»Spaghetti ist gut. Im Gefrierfach oberhalb des Kühlschranks liegen einige Portionen *Bolognese* auf Eis. Nimm eine raus fürs Abendessen. Und wenn du mir dann hilfst, ins Schlafzimmer zu kommen?« Sie wolle sich nur ausruhen, fügte sie mit einem Lachen hinzu.

Durch das geöffnete Fenster klang das rhythmische Klatschen des Wassers. Paul schwamm nackt. Zwei Beinschläge auf einen Armzug. Es funktionierte schon immer, ohne nachzudenken. Dafür wäre jetzt auch kein Platz in Pauls Kopf gewesen. Als er sich auf den Rücken legte und treiben ließ, entdeckte er Charlotte oben an ihrem Schlafzimmerfenster. Er freute sich, dass sie nach ihm schaute. Sie wird auch gestern dort gestanden haben, allerdings ohne gesehen werden zu wollen. Er winkte ihr zu, Charlotte winkte zurück und dann nahm er mit kräftigen Zügen seine Bahnen wieder auf und dachte, rekordverdächtig.

»Lass uns in der Küche essen.« Paul ließ die Spaghetti ins kochende Wasser gleiten und rührte zwischendurch in der Hackfleischsoße.

»Warum in der Küche?«

»Weil ich mir in deinem Esszimmer wie ein Gast vorkomme. Zu viele unbesetzte Tische. Ich verstehe sowieso nicht, warum du kein eigenes Esszimmer eingeplant hast. In deinem Wohnzimmer könntest du zum Beispiel …«

»Dirk, weil ich kein Esszimmer wollte, weil ich keins brauche, weil ich in meiner Küche esse oder auf der Terrasse, wenn es das Wetter zulässt!«

»Na also, bleiben wir doch in der Küche! Welche Teller soll ich nehmen?«

»Du bist mein Gast, Dirk. Seit zwei Tagen bist du mein Gast und du wirst auch morgen noch mein Gast sein. Entscheide du, denn das nenne ich Gastfreundschaft. Mit meinem Fuß bin ich dir eh für den

Rest der Zeit ausgeliefert!«

»Höre ich da Verzweiflung heraus oder darf ich das als willkommene Zwangslage deuten?« Er küsste Charlotte und deckte gutgelaunt den Tisch. Er deckte ihn, wie er es wollte und freute sich über die Abwesenheit von Kritik, die in seiner Kindheit zum Tischdecken dazugehörte.

Fast andächtig drehten sie die Spaghetti auf die Gabeln und Charlottes Fuß lag auf Pauls Schoß.

»Wenn du von vornherein schon kein Esszimmer eingeplant …«

»Dirk, bitte, nicht schon wieder das Esszimmer!«

Dirk hörte sich plötzlich so falsch an. Er hätte sich gefreut, wenn sie Paul gesagt hätte.

Bevor ich einpacke und abreise, packe ich aus, dachte er.

»Du hast kein Esszimmer geplant, weil du gar nicht mehr daran gedacht hast, ein Privatleben mit Partner zu haben? Bin ich da auf der richtigen Spur?«

»Wir haben den Wein vergessen.«

»Du bist selbst mit lädiertem Fuß auf der Flucht. Bleib sitzen, ich hole welchen.« Paul legte behutsam Charlottes Fuß auf seinem Stuhl ab und brachte eine Flasche ›Piceno Superiore‹, den Tropfen hielt er für den heutigen Tag angemessen.

»Du scheinst dich gut auszukennen, auch in meinen Vorräten!«

Nach einer knappen Stunde konnte Paul seine Kenntnisse erneut unter Beweis stellen. Diesmal entkorkte er eine ›Lacrima di Morro d'Alba‹.

»›Lacrima‹ heißt Träne.«

»Mir ist alles andere als zum Weinen. Auf uns!« Paul hob sein Glas und stieß mit Charlotte an.

»Mit Alex hatte ich ein großes Esszimmer. Ein Tisch für zehn Personen. Aus Bauholz mit Untergestell aus Eisen. Der Fußboden aus Zement, die Vorhänge an der großen Fensterfront aus grobem Leinen, die Deckenlampe …«

»Charlotte, so genau möchte ich das gar nicht wissen!«

»Wir hatten viele Gäste. Gäste, die ich kaum kannte. Geschäftsfreunde. Ich stand am Herd für Geschäftsessen. Homecooking. Mach doch Homecooking, hatte Alex zu mir gesagt. Du musst nicht mehr arbeiten. Wir haben jetzt ein so schönes Zuhause, wäre doch schade, wenn das nur so wenige Stunden am Tag bewohnt wird. Damals hatte ich gerade ein Angebot bekommen, bei einem Sternekoch zu arbeiten. Der wollte mich haben. Ich war gut in Fleisch. Aber Alex wollte mich auch haben. Ich will dich ganz allein. Nur du und ich. Und Dirk …« Charlotte schob ihr Glas Richtung Flasche und Paul schenkte nach. »… mein lieber Dirk, darüber habe ich noch mit niemandem geredet. Ich war so blöd, *so* blöd und dachte, das sei alles Liebe. Liebe! Das war Gefängnis, Dirk, und das habe ich erst hier gemerkt und glaube bis heute noch, ihm treu bleiben zu müssen. Da ist noch so eine beschissene Restsehnsucht, die ich nicht loswerde!«

Paul wollte auch gerne einiges loswerden. Das Bedürfnis wuchs mit der Zuneigung, lediglich der Mut fehlte. So war es immer noch Dirk, der Charlotte nach oben trug, und es war Charlotte, die ihm sagte, dass er die Nacht nicht in der Linde verbringen sollte.

»Wenn dein Fuß morgen nicht besser ist, dann …«

TAG DREI

Es war das Morgenlicht, das Paul weckte. Er blinzelte hinauf zu den alten Deckenbalken, die gab es im Gästezimmer ›Tiglio‹ nicht. Man solle seinem Gehirn misstrauen, hatte er irgendwann in einem Zeitungsartikel gelesen, weil es stets bemüht sei, ein möglichst schlüssiges Modell der Welt zu liefern. Also nicht alles, was wir hören, sehen oder spüren, entspräche unbedingt der Realität. Paul spürte die Wärme von Charlottes Körper unter der einzigen Decke, die es in ihrem Bett gab. Er hörte ihren gleichmäßigen Atem und er sah ihren wirren Haarschopf direkt neben sich auf dem einzigen Kopfkissen. Paul schluckte, schaute auf die Uhr, nur um sich dessen zu vergewissern, was er sowieso schon wusste. Er hatte eine ganze Nacht neben einer Frau verbracht. Das war Realität.

Ohne Charlotte zu wecken, verließ er das Bett, ging nackt in die Küche, wo noch die Teller mit den angetrockneten Tomatensoßenresten auf dem Tisch standen, und trank ein Glas Leitungswasser. Als er das schmutzige Geschirr in die Spülmaschine einräumte, spürte er, dass ihm kalt war. Er ließ seine

Arbeit unvollendet und machte sich auf den Weg zu dem Zimmer, das Charlotte für ihn hergerichtet hatte. Das letzte auf der linken Seite. Möglichst weit weg. Das hatte er schon bei seiner Ankunft bemerkt und er ahnte, warum. Eine Spur Triumph war dabei, als er die Klinke herunterdrückte. Kaum spürbar und sofort verflogen. Paul spürte etwas ganz anderes, etwas, das ihm die Konzentration nahm, sich zügig anzukleiden. Auf Socken ging er ins Bad. Das Hemd war schief geknöpft. Im Spiegel hätte ihm das auffallen müssen. Tat es aber nicht. Mit beiden Händen stützte er sich am Waschbeckenrand ab und schaute sich in die Augen. Ziemlich lange. Die Tränen verschleierten den Blick.

Jungen weinen nicht. Wenn sie es doch tun, so seine Mutter, sollten sie sich schämen. Tat er aber nicht. Er war glücklich.

Paul drückte Zahnpasta auf die Bürste. Die Zähne hatte er sich gestern Abend nicht geputzt. In Zeitlupe fuhr er mit der Bürste hin und her. Dann wurde er schneller und der Zahnpastaschaum tropfte ihm aus dem offenen Mund, blieb am unrasierten Kinn hängen und kleckerte auf das schiefgeknöpfte Hemd. Den Rest spuckte er ins Becken, beugte sich nach vorn und warf sich mehrere Hände Wasser ins Gesicht. Danach fühlte er sich wie neugeboren und maß diesem oft so schnell dahingesagten Wort eine neue, viel tiefere Bedeutung zu.

Dann kümmerte er sich ums Frühstück. Die Idee, alles auf ein Tablett zu stellen und nach oben zu bringen, verwarf er. Ein Meilenstein genügte. Dem wollte er so schnell nichts obendrauf setzen. Zum Siegestaumel gesellte sich allerdings die Angst, bei der Wiederholung zu versagen. Das kannte er von etlichen Schwimmwettkämpfen.

Obwohl die Sonne schien und ein weiterer vielversprechender Spätsommertag in Aussicht stand, hatte Paul den Tisch in der Küche gedeckt. Während der Kaffee im Espressokocher in den oberen Teil der Kanne blubberte, ging er zu Charlotte ins Schlafzimmer. Die drehte ihren Kopf zur Tür und streckte die Arme nach ihm aus.

»Was macht dein Fuß?« Paul setzte sich aufs Bett, beugte sich zu ihr und gab ihr einen Kuss. Nichts Leidenschaftliches, aber liebevoll. So wie sich eingespielte Ehepaare küssen, wenn sie sich begrüßen oder verabschieden.

»Dem bin ich dankbar«, säuselte sie und umschlang Pauls Hals. Auch wenn Paul sich glücklich wähnte, es machte ihn unsicher.

»Der Kaffee … ich muss die Kanne vom Feuer nehmen.«

Mit dem Fuß wollte Charlotte zum Arzt gehen, wenn sie wieder allein war. Darüber mochte sie gar nicht nachdenken, wieder allein zu sein, hatte sich aber auch nicht vorstellen können, dass diese Tage mit Dirk, die allerdings noch gar nicht zu Ende waren, solch einen Verlauf nehmen würden und sie konnte die Sache mit den Zähnen nicht verstehen. Ihre Ablehnung hatte wohl Gründe gesucht. Die gab es jetzt nicht mehr. Die Ablehnung.

Charlotte ging unter die Dusche und ließ das Wasser lange laufen. Vor dem Spiegel trocknete sie sich langsam ab und schaute ihren Körper an, wie sie es schon Jahre nicht mehr getan hatte. Vorhin, als sie aufwachte, freute sie sich über die Enttäuschung, die sie empfunden hatte, weil sie Dirk vermisste. Enttäuschung muss also nicht immer negativ sein. Sie hatte ihr Gesicht in die verlassene Hälfte des Kopfkissens gedrückt. Der letzte von drei Tagen, hatte sie gedacht, und es schade gefunden.

Charlotte musterte weiterhin ihren Körper. Gehört alles mir. Sie hörte Alex' Stimme. Entschlossen schlug sie das Badehandtuch über ihrer Nacktheit zusammen und ihr Spiegelbild blickte ihr ebenso entschlossen entgegen.

»Ich könnte heute die Ecke bei den Agaven säubern.« Dirk schnitt für Charlotte eins der Brötchen auf, die er aufgebacken hatte.

»Ich bin lediglich fußkrank, meine Hände funktionieren noch!«

»Ich wollte dir nur was Gutes tun, dich ein bisschen verwöhnen, damit du mich nicht so schnell vergisst, wenn ich morgen wieder abreise. Welche Marmelade darf ich dir rüberschieben?«

»Ich bin jahrelang ›*verwöhnt*‹ worden!« Charlotte stand auf und griff nach Feige-Ingwer.

»Hallo … lass uns offen darüber reden, wenn dich etwas stört. Lass uns von Anfang an die Dinge ansprechen, die uns nicht passen. Ich habe mein Leben lang geschluckt, jetzt geht nur noch Kotzen.«

»Dirk, das aus deinem Munde!«

»Genau! Aus meinem Munde. Und ich kann dich verstehen, ich werde in Zukunft deinen wunden Punkten mit Rücksicht begegnen. Aber auch ich lasse mir nicht mehr sagen, was ich zu tun oder zu lassen habe. Für mich beginnt heute eine neue Zeitrechnung. Den Anfang möchte ich damit machen, dass wir das Frühstück später einnehmen.«

Dirk stand auf, hob Charlotte von ihrem Stuhl und trug sie durch den Gästetrakt. Die Klinke vom ›Tiglio‹ drückte er mit dem Ellbogen nach unten, die Tür stieß er mit dem Fuß auf.

»Dirk!«

»Wenn du Einwände hast, dann jetzt.«

Charlotte hatte offensichtlich keine Einwände.

Den kalt gewordenen Kaffee nahm sie mit auf die Küchenterrasse, wo sie sich vor ihren Laptop setzte, um einen Belegungsplan anhand der eingegangenen Buchungen für die kommende Saison zu erstellte. Sie schmunzelte und sie war unkonzentriert. Hatte sich sonst bei dieser Tätigkeit Freude auf die Gäste eingestellt, mit denen auch wieder Leben ins ›Paradies‹ einziehen würde, malte sie sich im Augenblick ein Leben mit Dirk aus.

Den wusste sie mit Spaten und Spitzhacke bei den Agaven, und als sie aufstehen wollte, um zu ihm zu humpeln, weil ihr der Belegungsplan gerade ziemlich egal war, klingelte in der Tasche von Dirks Jeans, die über dem Stuhl neben ihr hing, ein Handy. Er wolle in der Unterhose arbeiten, hatte er gesagt, als er sich der Hose entledigte, es sei einfach zu warm.

Charlotte griff nach ihr und tastete die Taschen ab. Es waren zwei Handys, die sie zu fassen bekam und es war das teurere Modell, das klingelte. Sie nahm mit gutem Gewissen ab, denn bis sie mit dem angeschlagenen Fuß bei Dirk ankommen würde, hätte der Anrufer wieder aufgelegt.

»Hallo …«

»Paul?«

»Hier ist kein Paul, das ist der Anschluss von Dirk Kessler.«

Ohne weitere Worte legte die Anruferin auf. Charlotte schaute sich die beiden Handys an und es dauerte nicht lange, bis dasselbe Modell auf dem Tisch erneut vibrierte und seinen Klingelton abspielte.

»Hallo?«

»Elisabeth Pokatzky hier, ich hätte gerne Paul Pokatzky gesprochen.«

»Hier gibt es keinen Paul. Keinen Paul Poka…«

»Pokatzky!«

»Nein, den gibt es hier nicht. Hier ist Kessler.«

Charlotte lag mit ihrer Vermutung nicht falsch, noch hatte sie Dirk nicht erreicht, da klingelte es schon wieder. Sie ließ es klingeln und das tat es dann auch so lange, bis sie ihm das Telefon in die Hand drücken konnte.

»Eine Frau Ponasky, Polasky … irgendwas polnisch Klingendes.«

Dirk drehte sich weg. »Hallo? Ich melde mich heute Abend, ist gerade ungünstig!«

»Wieso ungünstig? Wer war das?«

»Das ist eine längere Geschichte.«

»Dann mach es kurz.«

»Ist das Firmenhandy eines Kollegen. Hat er in meinem Auto liegenlassen. Die Anruferin, Elisabeth Pokatzky, gehört zu den ganz schwierigen Kunden. Die habe ich kurz abgewimmelt.«

Das erklärte Charlotte die beiden Telefone, damit gab sie sich zufrieden.

Noch zufriedener humpelte sie zurück, nachdem Dirk sie aus seinen Armen entlassen hatte, von denen Charlotte einen kurzen Moment auf den schwitzenden nackten Oberkörper gedrückt wurde.

Wieder vor ihrem Laptop versuchte sie eine Absage zu formulieren; ein Ehepaar aus Essen, das sich schon zweimal bei ihr eingemietet hatte, deren Wunschdaten aber schon vergeben waren. Für Charlotte war es immer unangenehm, Gäste enttäuschen zu müssen, besonders jene, die sie ›Wiederholungstäter‹ nannte. Deswegen war ihr die Ablenkung recht, als sie das Hupen an der Einfahrt hörte. Sie dachte an den Postboten, was sich allein schon zeitlich anbot. Sie stand auf und hinkte an den äußeren Rand der Terrasse. Mit dem Postboten lag sie falsch.

Es war Luca Rossetti, der winkend neben seinem Auto stand. Charlotte winkte zurück, ein zaghaftes Winken, aber immerhin ein Zeichen, dass sie ihm das Tor öffnen würde, denn daran kam sie nicht vorbei. So humpelte sie zurück in die Küche und drückte auf der Gegensprechanlage die erforderliche Taste. Die Zeit war zu kurz, um sich Erklärungen zurechtzulegen. Noch vor den unvermeidlichen Begrüßungsküsschen links und rechts auf die Wangen fragte Luca nach dem Besitzer des Autos, das auf dem Parkplatz stand. Er wusste natürlich, dass es kein Gast sein konnte. Mitte September hatten sie noch gemeinsam mit einer Flasche Wein das Ende der Saison gefeiert. Charlotte sprach von einem Freund, da haftete Lucas Blick schon auf der über dem Stuhl hängenden Hose.

»Un amico ... un amico senza pantaloni. E dov'è questo amico quando i soi pantaloni sono qui?«

Auf die Frage, wo der Freund ohne Hose jetzt sei, während seine Hose hier hing, antwortete Charlotte, dass der Freund nur kurz und mit wenig Gepäck da sei und gar nicht mit diesen Temperaturen Ende Oktober gerechnet habe. Und weil sie sich den Fuß verstaucht habe, müsse er sich jetzt selbst beschäftigen, und weil er beruflich viel mit Gärten zu tun habe, habe er sich entschlossen, ein paar der wuchernden Agaven zu beseitigen.

»I miei figli!?« Luca haute auf den Tisch, ohne die Augen von der Hose zu lassen.

Charlotte bemühte sich um Deeskalation, ließ ein ungezwungenes Lachen erklingen, während sie ihm im Plauderton klarmachte, dass man Pflanzen nicht mit Menschen gleichstellen könne, dass die wuchernden Ableger nicht seine Kinder seien. Außerdem sei es auch gar nicht mehr seine Pflanze, die habe er ihr vor Jahren geschenkt. Das mit dem Geschenk musste sie ihm hinterherrufen, da war er schon auf dem Weg zum Pool.

Nur mit einer schwarzen Unterhose bekleidet und mit Turnschuhen an den Füßen stand Paul breitbeinig mit erhobener Spitzhacke zwischen den wuchernden Agaven. Er verharrte in dieser Stellung, möglicherweise, um besser zu verstehen, was der Mann ihm zurief, der mit stampfenden Schritten auf ihn zukam. Paul kannte den Mann nicht. Als er näher kam, ließ er die Spitzhacke nach unten sausen und schüttelte den Kopf. »Non capisco.« Der Mann schimpfte auf Italienisch und hörte auch nicht damit auf, als er dicht vor Paul stehen blieb. Obwohl einen Kopf kleiner als Paul, fing er an, ihn im Takt des Wortschwalls zu schubsen.

Paul hörte von Charlotte, die auf einem Besen gestützt herbei humpelte und wiederholt rief, dass es sich um Luca handelte. Der Mann von den Fotos.

Der Zauberer. Ihr Geometer. Paul hatte ihn nicht erkannt.

»Un amico! Che tipo di amico? Un amico in mutande!« Luca hörte nicht auf, mit beiden Händen Pauls Brust Stöße zu versetzen, der sich das wehrlos gefallen ließ, schon allein deswegen, weil sie bei seiner Statur kaum etwas auslösen konnten. Dabei schaute er Charlotte fragend an. Die versuchte Luca zu beruhigen, stellte sich hinter ihn und wollte ihn an den Schultern wegziehen. Luca stieß sie von sich und Charlotte verlor zwischen den unzähligen Ablegern das Gleichgewicht und fiel. Sie schrie auf. Agaven haben Dornen an den Blattenden. Da wollte Paul nicht mehr teilnahmslos bleiben. Er ließ die Spitzhacke fallen, packte Luca und warf ihn in den Pool. Ein plötzlicher Beschützerinstinkt ließ aus Verständnis und Zurückhaltung Wut werden. Charlotte gehörte ihm. Niemand hatte sie anzurühren, niemand hatte ihr weh zu tun, niemand hatte sie ihm wegzunehmen. Von niemandem möchte er sich sein Glück zerstören lassen! Er hätte gerne nachgetreten, aber das war nicht möglich und außerdem wollte er sich um Charlotte kümmern, die wimmernd im Agavenbeet lag. Die Aggressivität schlug um in Fürsorge, mit der er sie vorsichtig hochnahm und auf dem Rasen ablegte.

»Er kann nicht schwimmen! Luca kann nicht schwimmen«, schrie sie.

Paul ließ sich noch etwas Zeit, bevor er ins Wasser sprang und den Kerl rausfischte.

Auf allen vieren kroch Luca über die Wiese. Das Wasser tropfte aus seiner Kleidung und wenn er nicht hustete, fluchte er. Manchmal gelang ihm beides gleichzeitig. Paul ließ sich von Charlottes Lachen anstecken, der er ansehen konnte, dass das ihrem ramponierten Körper überhaupt nicht guttat. Aber nicht nur deswegen war es kein guter Moment für Schadenfreude. Doch Aufhören ging nicht und Prusten machte die Sache eher schlimmer. Luca krallte die Finger ins Gras und brüllte von Konsequenzen. ›Conseguenze‹. Das hatte auch Paul verstanden.

»Luca!« Charlotte rief ihm hinterher, als er sich mit Wutfalten zwischen den Augen davonmachte. »Luca, komm zurück, lass dir alles erklären, bitte!«

Das hatte Charlotte auf Deutsch gesagt, aber selbst wenn er verstanden hätte, er wäre nicht umgekehrt, davon war Paul überzeugt. Männer schämen sich nicht gern.

»Wie werden diese *conseguenze* aussehen?«, fragte er, während er Charlottes Körper nach den Stellen absuchte, in die sich Dornen gebohrt hatten. Sie lag auf dem Bauch in ihrem Bett und mit dem Kopf auf den verschränkten Armen.

»Ich weiß es nicht. Ich kenne ihn nicht von dieser Seite. Ich weiß nur, dass Italiener ziemlich ausrasten können, wenn sie in ihrer Ehre verletzt werden. ›Feminicidio‹. Die Italiener haben dafür sogar ein neues Wort kreiert. Man wollte benennen können, was in Italien viel zu häufig passiert. Über hundert Frauen gab es im letzten Jahr, die von ihren Männern oder Verlobten oder Liebhabern getötet wurden. Von den Drohungen, Vergewaltigungen, der psychischen oder physischen Gewalt mal ganz abgesehen.«

»Er wird dir ja wohl nicht nach dem Leben trachten wollen? Charlotte!«

»Ich sagte doch, ich weiß nicht, wie er reagiert, ich habe ihn noch nie in solch einer Situation erlebt. Mach dir keine Sorgen, Dirk, ich werde mit ihm reden.«

»Ich mache mir Sorgen. Momentan allerdings mehr um deinen ramponierten Körper. Dreh dich doch bitte mal um.« Mit einem Wattebausch, der mit Desinfektionsmittel getränkt war, tupfte Paul all die roten Punkte ab.

»Liebhaber, Gärtner, Bodyguard, Arzt … könntest du heute Abend auch noch mal den Koch machen?«

»Bratkartoffeln und Spiegeleier?«
»Wunderbar!«

Seitdem Dirk sich um die Mahlzeiten kümmerte, hatte die Küche ihre Ordnung verloren. Charlotte wunderte sich, mit welcher Leichtigkeit sie das Chaos ertrug. Zwar würde sie alles wieder nach ihren Vorstellungen herrichten, wenn sie allein wäre, momentan aber hatte sie kein Bedürfnis. Sie grinste, während sie Dirk beim Kartoffelschälen beobachtete. Dass er Linkshänder war, fiel ihr erst jetzt auf, was die Bemühungen noch unbeholfener aussehen ließ.

»Ich kann mich doch hier im Sitzen um die Kartoffeln kümmern.« Charlotte legte ihren Fuß hoch, nachdem sie ihn mit neuen Kühlpads versorgt hatte.

»Wie war das mit den vielen Köchen? Das ziehe ich jetzt durch. Hat lediglich etwas mit meinem Ehrgeiz zu tun, bin nicht daran interessiert, dich zu verwöhnen!« Dirk gab Charlotte einen Kuss auf die Stirn.

Den Tisch deckte er in der Küche, und weil er auf Blumen nicht verzichten wollte, wie er sagte, suchte er im Licht der Terrassenbeleuchtung nach ein paar Rosen. Sie konnte von ihrem Platz aus sehen, dass er hastig an einer Zigarette zog, die er dann halbgeraucht in den Rasen schnippte, bevor er in die Küche zurückkehrte.

»Ich habe es gerochen«, sagte Charlotte, die sich der Zweideutigkeit bewusst war und Dirk erst einmal an die Zigarette glauben ließ. »Aber wegen der vielen Köche und deinem Ehrgeiz habe ich den Kartoffeln freien Lauf gelassen.«

Die waren zum größten Teil verbrannt und weil der Rest nicht zum Sattwerden reichte, schlug Dirk sechs Eier in die Pfanne. Die beiden letzten wollte er fürs Abschiedsfrühstück zurückbehalten.

»Zumindest ist es dir gelungen, mich nicht zu verwöhnen!« Beide mussten lauthals lachen und Charlotte schaute aus dem Fenster und dachte, dass es morgen hier wieder ganz ruhig sein würde.

»Das Licht flackert«, sagte sie und ihr Blick verlor sich in der Dunkelheit.

»Darum kümmere ich mich beim nächsten Mal.«
Darauf sagte sie nichts.

Dirk schenkte vom Rotwein nach, ein Primitivo aus Apulien, fünfzehn Prozent Alkoholgehalt, der sich viel zu leicht trinken ließ.

»Erzähl mir doch ein bisschen von diesem Luca Rossetti. Was ist das für eine Beziehung zwischen euch beiden?«

Einen Moment musste sie wieder lachen in Erinnerung an die Szene am Pool.

»Lachst du mich aus, Charlotte?«

»Aber nein!«

»Was ist das jetzt mit dem Luca und dir?«

»Eifersüchtig?«

»Neugierig.«

»Ich tippe auf eifersüchtig *und* neugierig.«

»Nimm beides, wenn du willst. Aber erzähl doch mal.«

»Habe ich doch schon.«

»Charlotte, komm, ist er noch hinter dir her? Hat er Grund, sich Hoffnungen zu machen?«

Sie zog mit der Gabel Muster durch die Eigelbspuren auf ihrem Teller. Sie hätten sich mal geküsst. Da hatte sie zu viel getrunken. Auf der Einweihungsfeier. Ein großes Sommerfest im Garten, mit allen, die an ›Casa Lumaca‹ mitgewirkt hatten. Es stimmte alles. Das Wetter, das Essen, Charlotte hatte ein ausgezeichnetes Buffet gezaubert, die Musik, die Stimmung. Da habe sie sich hinreißen lassen, aber auch gleich bereut. Hätte Tage gedauert, bis er verstand, dass sie Zeit brauche. »Er könne warten, hat er gesagt, er hätte ›*un sacco di tempo*‹. Und die ist offensichtlich auch nach sieben Jahren noch nicht aufgebraucht. Er bleibt hartnäckig.«

»Weiß er, dass du auf der Suche nach einem Partner bist?«

»Nein, weiß er nicht.«

»Wie sehen denn seine Chancen aus?«

»Er ist nicht mein Typ.«

»Bin ich denn dein Typ?«

Charlotte verwischte alle Spuren im Eigelb auf dem Teller mit dem Gabelrücken und mit ihrem Zeigefinger malte sie ein Herz hinein. »Ja. Du hast Chancen.«

Dirk küsste Charlottes Fuß, der wieder auf seinem Schoß lag. Beide drehten erschrocken ihren Kopf zum Fenster, als plötzlich ein heftiger Wind aufkam und an den Läden rüttelte. Die Terrasse lag im Dunkeln.

»Jetzt ist die Lampe ganz hinüber. Wie gesagt, ein andermal, aber jetzt werde ich erst die Küche aufräumen, hier mag man ja kaum frühstücken und draußen wird es nicht mehr möglich sein.«

Charlotte humpelte nach oben. Sie könne ihm eh nicht helfen und anderen bei der Arbeit zusehen, sei nicht ihr Ding. Sie zwinkerte ihm zu.

Paul beeilte sich mit der Wiederherstellung der Ordnung, die allerdings an den klinischen Ursprungszustand nicht heranreichte, dann schaltete er sein Handy ein. Fünfmal *Mama* mit Profilfoto. Paul rief zurück. Die stundenlangen geschäftlichen Besprechungen mit möglichen Kunden aus Italien stimmten sie zufrieden, nicht ohne Erwartungshaltung auf erfolgreiche Abschlüsse.

In der Nacht berührten sich Paul und Charlotte so, wie man durchscheinendes Porzellan anfasst.

ABREISE

Paul hatte kaum geschlafen. Vorsichtig löste er Charlotte aus seiner Armbeuge, stand auf, griff seine Kleider und schlich sich aus dem Zimmer. Er war zu dem Entschluss gekommen, die Wahrheit zu Papier zu bringen, wenn er wieder zu Hause wäre. Den Abschied wünschte er sich harmonisch und für später wünschte er sich Verständnis.

Mit dem Frühstück, dem letzten für wer weiß wie lang, gab er sich besondere Mühe. Die Eier wachsweich. Fünf bis sechs Minuten und dann warmhalten, bis Charlotte ihren Platz eingenommen haben würde. Das tat sie ziemlich bald, glücklich verschlafen und anhänglich. Mit beiden Händen umschloss sie ihre Kaffeetasse, tauchte ihr Gesicht hinein, zog den Duft durch ihre Nase und richtete ihre Augen auf Paul.

»Eier, hatten wir schon lange nicht mehr!« Sie lachte, nahm einen Schluck vom Kaffee und stellte die Tasse zurück. Mit dem Löffel klopfte sie mit kurzen schnellen Schlägen gegen die Schale und zersplitterte sie bis zum Rand des Eierbechers. Paul starrte auf Charlottes Hand, mit der sie, nachdem sie den Löffel abgelegt hatte, die Schale in ihren Kleinstteilen ablöste und neben ihrem Eierbecher zu einem kleinen Berg anhäufte, den sie immer wieder zusammenschob. Jeder Handgriff schien geklont, nicht anders tat es seine Mutter an den unzähligen Sonntagen, wenn es zum Frühstück ein weichgekochtes Ei gab. Charlotte streute Salz auf die offene Hand und Paul wusste, dass sie nun mit zwei Fingern der anderen Hand vorsichtig ein paar Krümel aufnehmen und über das Ei rieseln lassen würde.

»Mit Salz muss man sehr achtsam sein, mein lieber Paul. Zuviel macht dich krank und du willst doch groß und stark werden!«

Paul sah Charlottes Mundbewegungen, hörte aber die Stimme seiner Mutter. Mit Links und mit zu viel Kraft ließ er das Messer durch sein Ei sausen. Der geköpfte Teil landete auf dem Fußboden, das aufspritzende Eigelb hinterließ Spuren auf der Tischdecke und auf Charlottes weißer Leinenbluse. Charlotte sah an sich herunter und stieß einen kurzen Schrei des Schreckens aus. Paul eilte zum Waschbecken. Mit einem feuchten Tuch kam er zurück und tupfte erst zögerlich über die Flecken auf der Bluse, dann rieb er, wurde immer schneller und heftiger in seinen Bewegungen, bis Charlotte seine Hand fasste, um sie wegzudrücken. Er ließ sich nicht wegdrücken, wie im Wahn rubbelte er und hörte auch nicht auf, als sie ihn darum bat. Zum Wahn gesellte sich die Angst, dass Charlotte in Panik ausbrechen könnte, was sie aber seltsamerweise nicht tat, offensichtlich war sie von seinem Tun so überrumpelt, dass sie es gar nicht einordnen konnte. Sie stemmte sich beinahe gelassen mit dem Stuhl vom Tisch weg, stand auf und meinte, dass es doch das Einfachste sei, sich eine frische Bluse anzuziehen.

Paul hatte Angst. Etwas in ihm geriet außer Kontrolle. Eine anschwellende Aggression, die er nicht mehr mit Vernunft steuern konnte. Bevor Charlotte wieder nach unten kam, hatte er gepackt.

Über die Gegensprechanlage öffnete er das Tor, das Charlotte todunglücklich wieder schloss, nachdem es keine Zweifel mehr gab, dass Dirk weg war.

TEIL DREI

1

Eines der beiden Mädchen schnarchte. Charlotte konnte in der Dunkelheit nicht ausmachen, wer es war. Elena oder Sofia. Anna sollte jedenfalls mit ihr zum Arzt gehen, sind sicherlich die Polypen.

Charlotte war auch beim Arzt gewesen. Der hatte sich den Fuß angeschaut. Ruhe, ganz viel Ruhe, hatte er gesagt. Hochlegen und kühlen. Und während der Fuß gekühlt hoch lag, dachte Charlotte immer wieder darüber nach, was schiefgelaufen war, warum Dirk sich ohne ein Wort aus dem Staub gemacht hatte. Geweint hatte sie und geschrien. Seine Handynummer gewählt, E-Mails verschickt, sich im Gästezimmer ›Linde‹ ins Bett gelegt. Sie schlief kaum und wartete auf ein Lebenszeichen. Dann wieder dachte sie, ob es nicht besser sei, nichts mehr von Dirk zu hören, ob sie nicht wieder auf dem Weg wäre, sich selbst aufzugeben der Liebe wegen. Fiel sie in einen kurzen Dämmerschlaf, in dem das Träumen das Grübeln abgelöste, waren es die intensiven Gefühle beim Erwachen, die Sehnsucht schürten.

Das lethargische Warten tat allerdings ihrem Fuß gut. Als Charlotte wieder schmerzfrei auftreten konnte, stürzte sie sich in ihren Alltag. Auch wegen der Ablenkung.

Der Frühstückstisch musste abgeräumt werden. Charlotte schaute auf den Kalender an der Wand. Fünf Tage hatte sie alles liegen und stehen lassen, hatte sich nur aus dem Kühlschrank bedient, wenn sie Hunger oder Durst hatte. Die halb aufgegessenen Eier, die mittlerweile einen unangenehmen Geruch verbreiteten, die trockenen Brötchen, Wurst und Käse, selbst die Marmeladen warf sie in den Müll. Das Oberteil von Dirks Ei fand sie auf dem Sisalteppich. Der Deckel des Treteimers flog bis zum Anschlag, als sie den Fuß aufsetzte. Beim Öffnen der Spülmaschine dann wieder Sehnsucht. Die Teller waren nicht nach ihrem System eingeräumt. Etwas, das Charlotte schwer ertrug. Jetzt aber war sie kurz davor mit ihrer Hand zärtlich über die Tellerränder zu fahren. Spaghetti Bolognese hatten sie gegessen. Spiegeleier und Bratkartoffeln.

Der Zug hielt in Tarvisio. Zwei Uhr fünfundvierzig konnte sie auf der Bahnhofsuhr ablesen, als sie das Verdunklungsrollo ein Stück zur Seite schob. Kein Mensch wartete auf dem Bahnsteig und es gab auch niemanden, der den Zug verließ. Zwanzig Minuten würde er hier stehen. Ohne Schienenrattern. Stille bis auf das Schnarchen eines der Mädchen und Charlotte überlegte, ob sie es zur Seite drehen sollte. Dann gäbe es keine Geräusche mehr und sie könnte vielleicht wieder einschlafen.

2

Im Lichtschein des Handy-Displays konnte Paul erkennen, dass das Mädchen schlief. Ihr Kopf war auf die Brust gefallen und die langen Haare hingen darüber, wie ein zugezogener Vorhang. Auch einer der beiden Italiener schien zu schlafen, während der andere sich mit müdem Blick durch irgendetwas scrollte, das gedämpfte Töne wie von einem Spielautomaten von sich gab. Die alte Frau saß im Dunkeln. Vermutlich schlief auch sie.

Die beiden Polizisten in Mutters Wohnung. Sicherlich hatten sie Verstärkung gerufen. ›Schickt mal die SpuSi vorbei‹. Kaum ein Krimi ohne diesen Satz. Die Spurensicherung. Ob sie ihm schon auf der Spur waren? Sicherlich stand er unter Verdacht. Fingerabdrücke. Die werden sie überall gefunden haben. Seine Fingerabdrücke. Was gibt es da noch zu ermitteln? Ganz klarer Fall: Paul Pokatzky hat auf bestialische Art und Weise seine Mutter umgebracht.

Was sollte er Charlotte sagen? Alles? Gar nichts? Dirk Kessler bleiben? Wie sein Verschwinden erklären? Sich den Rest des Lebens in Lügen verstricken? Eine neue Biographie zusammenbasteln, ohne dabei den Überblick zu verlieren? Paul wurde schwindelig. Gerne hätte er jetzt eine geraucht. Der Zug würde erst in knapp drei Stunden in Bologna halten. Schlafen ging nicht.

In seinem Kopf war Charlotte, und Paul fragte sich, wie weit er gegangen wäre, wenn sie sich nicht zu einer frischen Bluse entschlossen hätte. War es die richtige Entscheidung, zurückzufahren? Sich stellen und Gefängnis wäre noch eine Option. Das wollte Paul auf keinen Fall, nachdem er sich zum ersten Mal in seinem Leben frei fühlte.

Im Abteil wurde es dunkel. Der Italiener hatte sein Handy ausgeschaltet. Paul schloss die Augen und ließ nur noch schöne Momente zu.

3

Charlotte hatte sich auf die Seite ohne Ohrstöpsel gelegt. Der andere steckte in Sofias Ohr oder lag irgendwo rum, weil das Interesse nachgelassen hatte. Sie schlief trotzdem ein. Als der Zug in Villach mit einem Ruck hielt, wurde sie wach. Darüber ärgerte sie sich. In dreiunddreißig Minuten würde er weiterfahren. Sie schlich leise nach draußen. Ein bisschen die Füße vertreten, vielleicht könnte sie danach wieder in den Schlaf finden. Müde genug war sie.

Zwei Raucher standen auf dem nächtlichen Bahnsteig. Bei Charlotte sah es auch so aus, als würde sie rauchen, war aber nur der Atem in der Kälte, die sie schnell wieder ins warme Abteil zurücktrieb.

Dort war es ganz still. Auch kein Schnarchen mehr.

Charlotte konnte Stille gut ertragen.

Die Stille in ihrer Küche vor drei Tagen allerdings war quälend. Luca saß an seinem Platz am Tisch. Diese Ordnung hatte sich über die Jahre eingeschlichen. Sie hatte Streuselkuchen gebacken, den er so gerne mochte. Diesmal hatte er ihn nicht angerührt.

Während sie an der Kaffeemaschine stand, um zwei ›Espressi‹ durchlaufen zu lassen, kam sie gleich zur Sache. Wollte es hinter sich bringen. Erzählte ihm, was sie für sich beschlossen hatte, nachdem sie die Spülmaschine ausgeräumt hatte und sich keine Tomatensoßenreste mehr auf den Tellern befanden. Sie würde nach Deutschland fahren. Dort würde sie Dirk treffen, weil er doch mehr sei als nur ein guter Freund.

»Non solo un buon amico.« Danach sagte Luca lange nichts mehr, starrte nur auf den Kuchen und Charlotte ließ den Kaffee kalt werden. Keiner rührte sich, bis Luca aufstand, den Stuhl langsam unter den Tisch schob und sagte, dass er *kein* guter Freund mehr sein wolle. Er tat ihr so leid in diesem Moment und sie schätzte seine Freundschaft mehr denn je. Aber die hatte er aufgekündigt.

Der Zug machte wieder einen kurzen Ruck, dann setzte das rhythmische Klopfen der Räder auf den Schienen ein. Tränen liefen über ihr Gesicht. Schon als Kind hatte sich Charlotte gerne in den Schlaf geweint. Das fühlte sich so tröstend an.

4

Paul öffnete nur ein Auge. Es war die Thermoskanne der alten Frau, die ihn daran erinnerte, wo er überhaupt war. Sie stand im Lichtkegel ihrer Leseleuchte.

»Florenz«, sagte sie, »in drei Stunden haben wir es geschafft! Immer noch heiß!« Mit einem triumphierenden Blick goss sie sich Tee in den Becher und raschelte mit dem Butterbrotpapier.

»Käse. Zum Frühstück habe ich mir ein Käsebrot gemacht. Morgens mag ich keine Wurst.«

Paul hätte jetzt gerne ein Wurstbrot gehabt. Und eine Tasse Kaffee. Die drei Jugendlichen lagen zusammengesunken im Tiefschlaf. Es war sicherlich zu früh, sich auf die Suche nach dem Bordservice zu machen. Noch stand der Zug. Paul hoffte auf einen Getränkeautomaten auf dem Bahnsteig. Er hatte Glück und das passende Kleingeld vom Zigarettenkauf in Villach. Eine Flasche Coca- Cola und gefüllte Kekse mit Schokocreme. Zum Rauchen reichte die Zeit nicht mehr.

»Das ist aber nicht gesund.« Die alte Frau flüsterte.

Hätte seine Mutter auch gesagt. Seine Mutter hatte viel gesagt. Zu viel. Wie hatte er das alles nur ausgehalten? Vierundvierzig Jahre lang. Es war ihre Schuld. Ganz allein ihre Schuld. Sie hatte ihn dazu getrieben. Sie hatte sein Leben verpfuscht. Von Anfang an. Und sie hatte ihn zum Mörder gemacht.

Würde keinen interessieren, wenn es vor Gericht zu einer Verhandlung käme. Soweit würde er es auch gar nicht kommen lassen. Vor Gericht! Ich bin das Opfer, ich muss anklagen, mir muss Gerechtigkeit widerfahren …

»Sehen Sie, jetzt ist Ihnen schlecht. Ich würde Ihnen ja gerne etwas von meinem Tee anbieten.«

Gerade noch rechtzeitig erreichte Paul die Toilette. Coca-Cola und gefüllte Schokokekse.

5

Die Stimmen der Mädchen. Es dauerte, bis die sich aus Charlottes Traum lösten. Anna ermahnte sie ständig, leise zu sein. Auf Italienisch. Dann flüsterten die beiden miteinander. Charlotte gab nicht zu, dass sie schon wach war. Sie lauschte, was die Mädchen sich so früh am Morgen zu sagen hatten. Das taten sie in ihrer Muttersprache. Oder musste das in diesem Fall ›Vatersprache‹ heißen? Charlotte verstand nicht alles. Das lag nicht nur am Flüstern. Das lag auch an der Sprache. Charlottes Italienisch war nicht schlecht. Ihre deutschen Gäste bewunderten sie regelrecht, wenn sie Zeuge werden durften. Von den Lücken wussten sie ja nichts. Manchmal ist es das Fehlen eines einzigen Wortes, das einen ganzen Satz unverständlich werden lässt. Wie häufig hatte sie sich im Kino schon darüber geärgert. In Ulm wollte sie ins Kino gehen. Sich ganz bequem in den Polsterstuhl drücken und unangestrengt dem Geschehen auf der Leinwand folgen. Das hatte sich Charlotte fest vorgenommen. Der Film wäre ihr egal. Mit Dirk. Über die Möglichkeit, ihn nicht zu finden, dachte sie gar nicht nach. Dafür zermarterte sie sich auch viel zu sehr den Kopf, wie es sein würde, wenn sie sich gegenüberstünden. Würde er sich freuen? Dann hätte er aber auch nicht Knall auf Fall verschwinden müssen. Und wenn er sich nicht freut? Was ist der Grund? Charlotte vergrub ihr Gesicht in den Händen. Sie wollte nicht mehr nach Erklärungen suchen. Kommen eh über Hypothesen nicht hinaus. Charlotte wollte klären. In ihrer Muttersprache. Ohne Lücken, die Sätze unverständlich machen.

Immer wieder wurde das Flüstern der Mädchen so laut, dass Anna eingreifen musste.

»Wo sind wir denn?«, fragte Charlotte in die Dunkelheit hinein.

»Lei è sveglia!« Elena und Sofia machten die Wandleuchte an. Sie lagen zusammen in einem Bett und grinsten etwas schüchtern nach oben. Zwischen ihrem kurzen Kennenlernen von gestern lag eine Nacht. Das reichte offensichtlich zum Entfremden.

Eineinhalb Wochen war ihr Kennenlernen her. Sie wollte Dirk zum Abschied noch sagen, dass sie sich freuen würde, wenn er zur Olivenernte käme. Das wäre dann in ein paar Tagen der Fall gewesen. War ich damals zu abweisend? Natürlich war ich zu abweisend. Ich wollte regelrecht verhindern, dass er zur Ernte auftaucht!

»Haben dich die Mädchen geweckt?« Anna fuhr sich mit den Fingern durch die verlegten Haare.

»Nein, aber mich würde interessieren, wo wir sind. Irgendwie ist mir nach Frühstück und Endstation.«

»In einer Viertelstunde sind wir in Salzburg.«

»Salzburg. Dann fehlen noch zwei Stunden bis München.«

»Hast du denn bis jetzt einigermaßen geschlafen?«

»Sagen wir mal so: mit vielen Unterbrechungen. *Einigermaßen* wäre besser gewesen.«

Elena zog das Verdunklungsrollo rauf und runter. Auch draußen schien das Leben zu erwachen. Die ersten erleuchteten Fenster und auch die Scheinwerfer der Autos, die zu dieser frühen Stunde unterwegs waren, zeugten davon.

Sofia wollte auch mal hoch- und runterziehen. Elena bestand lautstark darauf, dass es ihre Idee gewesen war.

»Mama, die Elena …«

»Ihr geht jetzt erst einmal zur Toilette, und dann könnt ihr euch auch gleich die Zähne putzen.«

»Vor dem Frühstück?«

»Vor dem Frühstück!«

6

Der Zug hielt nur kurz in Arezzo. So kurz, dass nicht einmal eine Zigarette drin war. Umso mehr freute sich Paul über den Mann vom Bordservice, der die Tür aufzog und fragte, ob hier jemand etwas zum Frühstück wolle. Er ließ vier Zettel zurück, auf denen in drei Sprachen das Angebot aufgelistet war. Man musste seine Wünsche ankreuzen. Paul machte ein Kreuz bei Kaffee, Brötchen, Butter und gekochtem Schinken.

Wenn es doch auch solch eine Liste für Lebenswünsche gäbe, dachte Paul. Einfach ankreuzen und geliefert bekommen. Ein Wunschleben. Wie würde das aussehen? Auf keinen Fall käme Dichtungstechnik darin vor. Und kein Mord. Viel Natur, das wäre ihm wichtig. Er schob das Verdunklungsrollo nach oben, nachdem er mit einem Blick das Einverständnis der alten Frau eingeholt hatte. Draußen wurde es langsam hell. Er setzte sich wieder und schaute hinaus. Hier gab es viel Natur. Da er nicht in Fahrtrichtung saß, konnte er der vorbeifliegenden Hügellandschaft hinterherschauen. Bei Charlotte gab es auch viel Natur. Er hatte sich sehr wohlgefühlt bei ihr. Nicht nur wegen der Natur. Auch wegen ihrer vielen Locken, die neben ihm auf dem Kopfkissen lagen und in denen die Morgensonne spielte. Das war mehr, als er erhofft hatte. Das war Neuanfang. Paul lehnte sich zurück und schloss die Augen.

Die Tür wurde mit einem Ruck aufgezogen »Gibt's hier Frühstückswünsche?«

Hatte er sich vor ein paar Minuten noch über den Bordservice gefreut, ärgerte er sich jetzt. Er reichte dem Steward seinen Zettel.

»Und wie schaut's mit euch aus?« Die Jugendlichen waren gerade aufgewacht. »Ich frag dann nachher noch mal nach.« Dass die alte Frau Selbstversorgerin war, war ihm nicht entgangen.

Es dauerte nicht lange und Paul durfte sein Tischchen am Fenster aufklappen. Er konnte sich nicht erinnern, sich jemals in seinem Leben so über eine Tasse Kaffee gefreut zu haben. Die Jugendlichen bekamen ihren kurz darauf. ›Solo cafè‹ und den tranken sie schwarz. Auch das Mädchen. Paul nutzte die Anwesenheit des Stewards und fragte nach einem ›Refill‹. Das war auf dem Zettel vermerkt, *bei allen Heißgetränken* hieß es da.

Ein ›Refill‹ für mein Leben, das wäre das Richtige. In Italien. Mit Charlotte.

Er würde sich um den Garten kümmern, um kaputte Lampen, um Charlotte. Was wird sie sagen, wenn ich wieder auftauche? Und was werde ich sagen?

Paul sagte stopp, als der Mann vom Bordservice den Kaffee aus der Kanne in seine Tasse laufen ließ. Er brauchte Platz für viel Milch.

7

»Ich geh mal kurz eine rauchen. Wenn die Kinder zurückkommen ...«

»Mache ich. Aber bitte pünktlich wieder einsteigen!«

»Na klar.« Anna lachte und hustete gleichzeitig.

Vor dem Frühstück, dachte Charlotte. Sie fand das irgendwie abstoßend. Komisch, bei Dirk hatte sie die Raucherei nie gestört. Sie hatte nicht einmal darüber nachgedacht. Ob sie das in Zukunft stören würde? Hallo Charlotte, welche Zukunft denn bitte! Finde ihn erst einmal und dann rede mit ihm und dann wirst du mehr wissen. Fast wütend griff sie zur Frauenzeitschrift und blätterte unkonzentriert darin herum. Der Ostsee im November schenkte sie wieder Aufmerksamkeit. Wismar und die Insel Poel. Schöne Bilder. Und im Café ›Alte Löwenapotheke‹ wird es mit Sicherheit gemütlich warm sein und man wird vor der Kuchentheke stehen und sich nicht entscheiden können. Leider geht es im Leben nicht immer nur um Torten. Das wäre einfach.

Elena und Sofia rissen sie aus der Deutschlandsehnsucht heraus, die solchen Bildern in der

Regel folgte. »Wo ist Mama?« Die kam nahezu zeitgleich zurück und Charlotte hatte lediglich Luft holen müssen für eine Antwort, die jetzt überflüssig war.

Als sich der Zug wieder in Bewegung setzte, schien auch drinnen alles langsam wieder in Bewegung zu kommen. Da Charlottes Abteil das letzte im Waggon war und sich die Toilette und der Waschraum am Ende befanden, konnte sie die Mitreisenden sehen, die sich, teils noch verschlafen, dorthin auf den Weg machten.

Es war wieder Herr Wallner vom Bordservice, der mit einem guten Morgen den Kopf zur Tür hineinsteckte und das Frühstück ankündigte. Vorher wolle er aber noch das Bettzeug einsammeln und die Liegen hochklappen, er käme in einer Viertelstunde wieder.

Wenn Dirk es sich nicht vorstellen könnte, in Italien zu leben, ich würde auch nach Deutschland zurückkehren. Charlotte hatte ihren Schlafplatz geräumt und kletterte nach unten. *Teisendorf,* konnte sie gerade noch beim schnellen Durchfahren lesen. Sie waren schon in Deutschland. Es war ein gutes Gefühl.

8

Kurz vor Chiusi stellte sich Paul in den Ausgangsbereich des Waggons. Sobald der Zug halten würde, wollte er rausspringen und eine Zigarette rauchen. Die hatte er schon im Mund. Ihm blieben zwei Minuten. Das nicht zu übersehende Rauchverbot interessierte ihn nicht. Die Glut stand dicht vor dem Filter, als der Schaffner in seine Trillerpfeife zum Einsteigen blies.

Der Kaffee schien die Jugendlichen wieder munter gemacht zu haben. Die Jungen bemühten sich um das angehende Au-pair, das sich sprachlich mit Hilfe ihres Smartphones wacker schlug.

Paul sprach recht gut Englisch, dafür hatte auch seine Mutter gesorgt. Er war kein Sprachtalent. Nur, weil er keine Chance gehabt hatte, es schleifen zu lassen, hatte er dieses Niveau erreichen können. Er fragte sich, ob er in seinem Alter noch Italienisch lernen könnte. Er müsste von Null anfangen. Zucchini, amore, cappuccino, vino, avanti, capito, amico oder basta betrachtete er noch nicht als Grundwortschatz. Der Unterhaltung der Jugendlichen hatte er absolut nicht folgen können.

Und wenn Charlotte mich wegschickt? Warum sollte ich mir jetzt schon Gedanken zur Sprache machen. Ich müsste mir Gedanken machen, wo ich hingehe, wenn sie mich wegschickt.

Paul zog die Jacke aus, rollte sie zusammen und legte sie sich auf den Schoß. Die Heizung im Abteil hatte man offensichtlich gegenüber der Nacht hochgefahren. Mit beiden Händen umklammerte er die Jacke, deren Inhalt ihm zumindest das Gefühl von einer gewissen Sicherheit gab. Es war die alte Frau, die ihm den Vorschlag machte, sie doch oben auf die Ablage zu legen, das sei doch viel bequemer.

»Ist schon gut so«, sagte Paul. Natürlich konnte er ihr nicht sagen, dass sich in den Taschen jede Menge Geld befand. Wie viel wird es sein? Er hatte nie nachgezählt. Das war ihm nie wichtig gewesen. Wenig war es nicht und er war froh, dass er erst damit angefangen hatte, Monat für Monat ein paar Scheine in den Hartschalenkoffer zu deponieren, als der Euro die D-Mark schon abgelöst hatte. Und eben nicht nur die D-Mark. Den Gedanken, jetzt alles in Lire umtauschen zu müssen, wollte er gar nicht zu Ende denken. Er schaute auf seine Jacke mit den unzähligen Taschen, die vollgestopft mit Lirebündeln sicher aus den Nähten geplatzt wären, und musste grinsen.

Die beiden Italiener fingerten Zigaretten aus der Packung. In Orvieto würde der Zug auch nur zwei Minuten stehen. Obwohl Paul seine letzte Zigarette erst vor zwanzig Minuten geraucht hatte, folgte er ihnen nach draußen.

9

»Gibt es keine ›cornetti‹?« Sofia fragte ihre Mutter und nicht Herrn Wallner, der die Frühstücktabletts verteilte.

»Vollkornbrot von der Speiskart'n könnt ich auch bringen. Aber schaut's, ich hab euch Mäderln schon heiße Schokolade statt Tee oder Kaffee 'bracht. Im Liegewagen gibt's halt nur Wiener Frühstück, tut mir leid.«

»Ich würde noch ein Vollkornbrot nehmen«, sagte Charlotte, nachdem sie feststellen musste, dass ein Wiener Frühstück mit einer Tasse Kaffee, einem Brötchen und etwas Butter und Marmelade nicht so üppig war, wie der Name suggerierte.

Die Zwillinge nörgelten und Anna versprach ein richtiges Frühstück bei Oma und Opa, so wie sie das all die anderen Male schon immer gemacht hätten.

Es war wohl eher der mangelnde Schlaf als das fehlende Croissant, der für Missstimmung sorgte, von der sich Charlotte aber nicht mehr berühren ließ, und die mit einem weiteren Ohrstöpsel auch nicht aus der Welt geschafft werden könnte.

Sie trank ihren Kaffee, aß die beiden Brötchenhälften mit Marmelade und fühlte sich der ›Zwangsgemeinschaft‹ schon ein gutes Stück weniger zugehörig. Auch sie würde in München am Hauptbahnhof erst einmal nach etwas Ordentlichem zum Frühstücken suchen. Zeit wäre genug vorhanden, denn sie hatte sich für den neun Uhr achtundzwanziger Zug nach Ulm entschlossen. Nach dem letzten Schluck Kaffee ging sie mit ihrem kleinen Kulturbeutel zum Waschraum, der schon seit längerem nicht mehr besetzt war und machte sich frisch, soweit das unter diesen Umständen möglich war.

Als Charlotte ins Abteil zurückkam, waren die Frühstückstabletts schon weggeräumt und Sofia und Elena hüpften in Strümpfen wieder auf den Sitzen.

»Was hatte der Herr Wallner zu euch gesagt?« Charlotte stellte die Frage an die Kinder, zielte aber auf Anna ab.

»Wir fahren zur Oma, wir fahren zum Opa, wir fahren zur Oma, wir fahren ...« Die Mädchen nahmen keinerlei Notiz und offensichtlich rechneten sie nicht mehr mit der Gefahr ›Wallner‹ so kurz vor München. Anna packte ihren Koffer und bat die Mädchen ihren Kram in ihre Trolleys zu verstauen. Die hüpften weiter, behaupteten sich ›moltissima‹

zu freuen und hörten erst auf, als Anna drohte, dass alles, was nicht eingepackt wäre, hierbleiben müsse.

Charlotte freute sich ebenfalls, aber da war auch Angst, die sich in kurzen Momenten immer wieder Platz verschaffte. Das war neu. Wenn Dirk sie wegschicken würde?

»Es regnet«, bemerkte Anna und forderte die Mädchen auf, sich anzuziehen.

Der Zug wurde langsamer und als Charlotte ihren Mantel zugeknöpft hatte, kam er zum Stehen.

München. Acht Uhr neunzehn.

10

Die alte Frau hatte die Thermoskanne und die glattgestrichenen Butterbrotpapiertüten wieder in ihrer Tasche verstaut. Die stellte sie auf den Sitz und bat Paul, darauf aufzupassen. *Sie müsse mal für kleine Mädchen.* Dabei lachte sie verschmitzt. Er nickte. *Für kleine Mädchen.* Solch ein altmodischer Ausdruck! Die Jugend wird sich darunter nichts mehr vorstellen können. Die machten gerade Selfies und tauschten ihre Telefonnummern aus. ›Non perdere di vista‹. Nicht aus den Augen verlieren, übersetzte das Mädchen und weitete ihre mit Hilfe von Zeigefinger und Daumen. Die Jungen lachten und machten es ihr nach.

Mich sollten sie aus den Augen verlieren, dachte Paul und hoffte, keinen bleibenden Eindruck zu hinterlassen. Bei der alten Frau vielleicht. Die könnte sich möglicherweise erinnern, wenn es einen Grund gäbe, sich erinnern zu müssen. Vielleicht aber schwebt sie nach dem Erlebnis ›Franziskus‹ in ganz anderen Welten und alles von dieser Welt wird nebensächlich. Ich wünsche es ihr. Und mir auch.

Die Tür vom Abteil wurde aufgezogen und die alte Frau nahm wieder ihren Platz am Fenster ein.

»Vielen Dank! Jetzt ist Schluss mit Tee. Weiß gar nicht, wo ich hinmüsste, wenn ich auf dem Petersplatz wieder für kleine Mädchen müsste. Ich bin so aufgeregt! In drei Stunden, in drei Stunden stehe ich auf dem Petersplatz! Wenn ich da mal nicht vor Aufregung umfalle! Geht aber nicht, sind immer so viele Leute da, die stehen dicht wie die Ölsardinen in der Dose.« Sie schien gar nicht mehr aufhören zu wollen zu lachen.

Paul lachte auch. Weil er sich gerade vorstellte, wie sie auf dem Petersplatz umkippte. Jetzt tat sie ihm sogar ein bisschen leid. Mein Gott, sie freut sich. Sie erfüllt sich einen Lebenstraum. Das sollte mir auch mal gelingen.

»Warum fahren Sie nach Rom?«

Fast dreizehn Stunden hatte man sich gegenübergesessen. In zwanzig Minuten würden sich ihre Wege trennen.

Diese Frage, so kurz vor Schluss, verärgerte Paul. Antworten auf solche Fragen sind Erinnerungsstützen. Egal, was er sagen würde.

Er antwortete erst einmal nicht, starrt auf seine Schuhe, und sagte dann: »Wenn bloß das Wetter stabil bleibt!«

»Ich habe einen Schirm dabei für den Fall der Fälle. Regen wäre keine Katastrophe, aber nicht schön.«

»Ich wünsche Ihnen allzeit trockene Füße. Und mir wünsche ich den richtigen Anschlusszug, ich schau mal nach dem Schaffner.« Paul hatte seine Jacke angezogen, klemmte sich den Laptop unter den Arm und verließ das Abteil, ohne sich von den Jugendlichen zu verabschieden. Die registrierten das gar nicht, was Paul positiv zur Kenntnis nahm. Trotzdem musste er sich im Ausgangsbereich des Waggons an die Wand lehnen und tief durchatmen. Sollte dies ein Vorgeschmack auf sein künftiges Leben sein? Sich durchlavieren, immer wieder herausgefordert werden und dabei keine Fehler machen? Er steckte sich eine Zigarette zwischen die Lippen und hielt das Feuerzeug parat. Hinter ihm sammelten sich etliche Mitreisende. Hier wollten alle raus. Als die Türen aufgingen ließ er den Funken springen.

Rom. Neun Uhr zweiundzwanzig.

11

»Meine Damen und Herren, im Namen der Deutschen Bahn begrüße ich Sie herzlich im ICE 610 von München nach Dortmund, über Augsburg, Ulm …«

Wie schön, die Deutsche Bahn begrüßt mich herzlich! Wie wird das in Ulm werden? Charlotte schaute aus dem Fenster, ohne die Außenwelt wirklich wahrzunehmen. Bin ich naiv?

Ganz bewusst hatte sie Dirk nicht vorher informiert. Einfach aufzutauchen würde ihr die Chance einräumen, mit ihm von Angesicht zu Angesicht reden zu können. Sie wollte eine Erklärung für das, was sie nicht verstehen konnte. Wie häufig habe ich versucht ihn anzurufen? Wie viele E-Mails habe ich geschrieben? Und keine Reaktion. Gott, mehr ›Nein‹ geht doch eigentlich gar nicht! Und ich glaube, wenn ich ihm gegenüberstehe, dass ich damit etwas erreichen kann? Ich möchte nur wissen, warum. Er war doch glücklich. Das kann man doch nicht vortäuschen. Und warum überhaupt?

Ich habe es doch gespürt, dass er glücklich war.

Ich war es auch.

Ich werde ihm sagen, dass ich ihn liebe. Das habe

ich ihm nicht gesagt. Zumindest nicht deutlich genug. War ja auch kaum Zeit. Was sind schon drei Tage? Charlotte korrigierte sich auf zwei, die Zeit des ›Widerstands‹ musste sie abziehen und sie fragte sich, ob zwei Tage für so starke Gefühle ausreichten. Ob sie sich was vormachte, ob die Hormone ihr einen Streich spielten? Die Antwort auf diese Fragen wollte sie abwarten, Charlotte wollte nicht grübeln. Sie wollte Dirk sagen, dass sie sich vorstellen könne, mit ihm zusammenzuleben. Zu schnell? ›Vorstellen‹ sage ich und ›könnte‹, das ist ja keine Forderung. Betteln wollte sie auf keinen Fall, nur wissen, warum. Und dann könne man weitersehen.

Sie zog ein zusammengefaltetes Blatt Papier aus ihrer Handtasche, die Liste all der Landschaftsgärtner, die sie anfahren wollte. Die Unternehmen hatte sie mit Nummern versehen, wegen der Reihenfolge. Mit einem Mietwagen wollte sie die Adressen abklappern. Den hatte sie sich am Hauptbahnhof Ulm reserviert. Inclusive Navigationsgerät.

Ohne Umwege zum Ziel kommen. So stand es auf der Website.

»Ist das Ihre?« Nachdem der Sitznachbar den Zug in Augsburg verlassen hatte, wedelte der Neuzugang mit einer Zeitung, die auf dem Platz neben ihr lag. Und obwohl Charlotte verneinte, schob er sie auf dem Tisch in ihre Richtung. ›Revolverblatt‹ hätte ihr Vater gesagt.

Pokatzky & Sohn. Ist der Sohn ein Muttermörder? Charlotte hielt den Kopf etwas schief, um besser lesen zu können. Es war nicht die Schlagzeile, die sie interessierte, es waren einfach nur die Buchstaben. Buchstaben konnte sie noch nie sinnfrei liegenlassen. Zwei Mal hintereinander las sie ›Pokatzky‹. Ist wohl Polnisch, dachte sie, und dann fielen ihr die Anrufe ein, die schwierige Kundin, wie Dirk sagte. Hieß die nicht auch so? Mit einer Hand und wie nebenbei entfaltete sie die Zeitung, um die gesamte Vorderseite sehen zu können. Es war das Foto einer Frau, das ihre Aufmerksamkeit weckte, und weil die Neugierde über die Hemmung siegte, zog sie sie ganz vom Tisch. Das hätte durchaus sie selbst auf dem Foto sein können! Allerdings um einige Jahre älter.

Charlotte musste grinsen. Aber nur kurz. Ein anderes Foto ließ sie erstarren. Dirk. Das könnte Dirk sein.

Völlig aufgelöst überflog sie den Text und weil sie es nicht glauben wollte, las sie ihn nochmals und zwar so, wie man den Beipackzettel eines Medikaments liest, nur um nichts falsch zu machen. Dichtungstechnik. Eine Firma in Karlsruhe. Ein Familienunternehmen in vierter Generation. Das hat doch mit Landschaftsgärtnern nichts zu tun!

Charlotte rutschte ein lautes »Nein!« heraus.

Der Sitznachbar drehte sich in ihre Richtung. »Man muss nicht alles glauben, was geschrieben steht.« Sein Blick war mitleidsvoll, aber wohl eher wegen der falschen Lektüre. In die ›richtige‹ vertiefte er sich sofort wieder.

Dirk oder Paul Pokatzky sollte auf bestialische Weise seine Mutter Elisabeth Pokatzky umgebracht haben? Gestern! In Karlsruhe. Was wollte sie in Ulm, wenn Dirk in Karlsruhe war? Und wenn ich mich täusche, wenn die beiden sich tatsächlich einfach nur ähnlich sehen? So wie ich Elisabeth Pokatzky? Aber sie wollte doch damals einen Paul sprechen. Sagte sie nicht sogar Paul Pokatzky? Sie hatte ›Paul Pokatzky‹ gesagt!

»Was mache ich denn jetzt?« Charlotte fragte sich laut, während sie aufschluchzte. Der Sitznachbar riet ihr, das Schundblatt wegzulegen.

»Sehr geehrte Fahrgäste in wenigen Minuten …«

Ulm. Charlotte musste hier raus.

12

Die acht Minuten, um den nächsten Zug nach Fabriano zu erwischen, reichten Paul nicht aus. Vielleicht, wenn er ohne Fahrkarte eingestiegen wäre und später mit dem Schaffner verhandelt hätte, aber solche öffentlichen Auftritte konnte er sich nicht mehr leisten.

Er musste sich eine Fahrkarte besorgen. Den Schalter wollte er auf jeden Fall vermeiden und vor den Automaten standen die Menschen Schlange. Da der nächste Zug erst in zweieinhalb Stunden ging, wartete er mit genügend Abstand, bis sich der Ansturm gelegt hatte. Obwohl er unter *Sprache* ›Deutsch‹ gewählt hatte, dauerte es relativ lange, bis er das System verstanden hatte und das Ticket mit dem Restgeld ausgespuckt wurde. Von den Menschen, die sich inzwischen wieder hinter ihm angesammelt hatten, fühlte er sich unangenehm beobachtet. Hastig räumte er das Ausgabefach leer und machte mit gebeugtem Kopf Platz für den Nächsten. Er wollte sich an eine Stelle zurückziehen, wo er nicht auffiel. Es half nicht. Paul hatte das Gefühl, überall aufzufallen.

Er zog sich die Kapuze mit dem Fellbesatz über. Früher hatte er die Kapuze vermieden. Er fand, dass er damit nicht nur dämlich, sondern auch völlig verfremdet aussah. Jetzt gab sie ihm etwas Sicherheit, die ausreichte, eine ›Süddeutsche‹ zu kaufen und sich in ein Selbstbedienungsrestaurant zu setzen. In der Zeitung konnte er nichts über einen Mordfall in Karlsruhe finden. Das beruhigte ihn ein wenig. Als aber am Nachbartisch eine Frau aufstand und sich entfernte, ohne an die Papiertüte zu ihren Füßen zu denken, kam die Unsicherheit zurück. Paul hatte sich schon in ihre Richtung gedreht, den Arm gehoben und Luft geholt, wollte ihr hinterherrufen, als ihm bewusst wurde, dass er keine ›Spuren‹ hinterlassen durfte.

Er würde überhaupt in Zukunft unsichtbar bleiben müssen. Spaghetti Bolognese mit Kapuze auf dem Kopf essen, schien ihm kein guter Anfang. Geistesabwesend drehte er die Nudeln auf die Gabel und dachte über all die Konsequenzen nach, die von nun an sein Leben völlig verändern würden. Immer wieder fielen ihm neue ein, mit oder ohne Charlotte, wobei er die Situation ohne Charlotte als aussichtslos betrachtete. Er war ein Mörder, das ließ sich nicht mehr rückgängig machen. Hätte es andere Möglichkeiten gegeben, aus seinem ungeliebten

Leben auszusteigen? Darüber hatte er nie nachgedacht. Jetzt war es zu spät, aber er ging sie trotzdem gedanklich durch. Kein Gesetz hatte ihn an die Firma gebunden. Mehr Widerstand der Mutter gegenüber hätte er leisten sollen. Der wurde zu lange zurückgestellt. Bis zur Explosion. Den Funken hatte Paul noch mitbekommen. Die Zerstörung erst danach. Das Dazwischen konnte er nicht begreifen. Das war nicht er.

Im Zug suchte er sich einen Fensterplatz. Obwohl er dagegen ankämpfte, schlief er doch ein, wurde aber kurz vor Foligno wach. Hier musste er umsteigen. Es nieselte und das tat es auch weiterhin, als er eine Stunde später in Fabriano das Bahnhofsgebäude verließ. Zu Fuß machte er sich auf den Weg zu Charlottes Haus. Dass er kein Taxi nahm, war Teil der Konsequenzen.

13

Charlotte ließ sich vom Strom der Reisenden durch die Unterführung bis ins Bahnhofsgebäude treiben. Unter anderen Umständen hätte sie bemerkt, dass der Ulmer Bahnhof kein Ort war, an dem sie sich gerne aufhalten würde. Momentan aber war Unordnung in ihrem Kopf, und sie hätte gerne Ordnung gehabt. Sie blieb stehen und schloss die Augen. Abbrechen. Zurück. Eines nach dem andern. Charlotte weinte. Weinte so heftig, dass einige Passanten stehen blieben, um Hilfe anzubieten. Sie schüttelte den Kopf und zog das letzte Taschentuch aus der Packung. Der Mietwagen. Den musste sie canceln. Sie suchte nach den Hinweisschildern und machte sich auf den Weg. Eine Begründung musste sie nicht angeben.

Die Frau am Schalter wickelte alles mit betroffener Miene und dem Notwendigsten an Kommunikation ab. Die Rückreise. Das sollte sofort passieren. Der nächste Zug. Was soll ich denn in Ulm? Wieder weinte Charlotte und bevor sie ins Reisebüro ging, ging sie in die gegenüberliegende Apotheke, um Papiertaschentücher zu kaufen.

»Tut mir leid, für heute habe ich keine Einzelkabine mehr im Schlafwagen. Im Liegewagen, da könnte ich …«

Charlotte winkte ab. Der Mann hinter dem Tresen des Reisebüros schien sich mehr kümmern zu wollen als er es möglicherweise sonst tat. Ab und zu nahm er den Blick vom Bildschirm, um verstohlen in Charlottes verweintes Gesicht zu schauen.

»In einer Dreierkabine wäre noch ein Bett frei. Reine Frauenkabine.«

Charlotte schüttelte den Kopf.

»Und wenn Sie auf morgen ausweichen? Wäre das möglich? Denn da hätte ich, sehe ich gerade, eine Einzelkabine.«

»Morgen?« Charlotte nickte.

»München ab: zwanzig Uhr zehn, Rom an: neun Uhr zweiundzwanzig.« Mit diesen Worten und den Gute-Reise-Wünschen reichte er ihr die Unterlagen. Nach München nahm sie den nächsten Zug. Sie musste nicht lange warten. Es wäre ihr aber auch egal gewesen.

Zunächst dachte sie an ein Hotel in Bahnhofsnähe, dann aber fiel ihr Sibylle ein. Doch was sollte sie Sibylle sagen? Charlottes Gesicht war so verheult, dazu müsste sie sich etwas einfallen lassen, wenn sie nicht mit der wahren Geschichte rausrücken wollte. Und das wollte sie nicht. Sibylle hatte sie vor zwei Jahren in Italien besucht. Das war das erste Mal, nachdem sie ihr damals zum Abschied am Telefon gesagt hatte, dass es von München in die Marken nicht sehr weit sei. Die Vertrautheit aus der Schulzeit war nicht mehr da. Das hatten sie schon vorher gespürt. Beide. Die hatte sich über die zurückliegenden Jahre ausgeschlichen. Aber sie hatten Kontakt gehalten. Vielleicht, weil es einmal etwas Großes war. Beste Freundinnen waren sie gewesen, von der Grundschule bis zum Abitur. Hatten sich alles erzählt. Das wollte Charlotte heute nicht mehr. Wen habe ich eigentlich noch, mit dem ich über meine Sorgen sprechen könnte? Oder über die schönen Dinge. Wer käme dafür in Frage? Wieder weinte sie und war froh, allein in dem Wagenabschnitt zu sitzen.

Der vermutliche Täter … vielleicht hat Dirk gar nichts damit zu tun? Vielleicht klärt sich das alles. Aber wenn Dirk Paul ist, warum diese falsche Identität? Nicht nur der Name, auch der Wohnort, der Beruf … Ihm gehört eine Firma. Dichtungstechnik. Aber er kannte sich doch in Gartenangelegenheiten wirklich gut aus? Ist er krank? Ein Psychopath vielleicht? Meine Ähnlichkeit mit seiner Mutter … Sind das seine Suchkriterien?

Wollte er mich möglicherweise auch umbringen?

Als der Zug langsam in den Hauptbahnhof München einlief, musste Charlotte feststellen, dass sie zu wenige Taschentücher eingekauft hatte.

Am Morgen war sie in guter Stimmung hier angekommen. Hatte bei Coffee Fellows einen Cappuccino getrunken und einen Bagel mit Frischkäse und Rührei gegessen. Dort wollte sie wieder hingehen, wegen der klobigen Sessel, in denen man verschwinden konnte und sich ein Stück behütet vorkam. Aber zuerst machte sie sich auf den Weg zur Apotheke, die im Außenbereich des Bahnhofs lag. Taschentücher und ein Schlafmittel.

Eins, das auch wirklich wirke, sagte sie der Apothekerin, die ihr ein Baldrianprodukt empfahl. Sie wolle einfach nur schlafen, sonst nichts. Sie müsse sich wirklich keine Sorgen machen.

»Das ist das Stärkste, was ich Ihnen rezeptfrei geben kann. Eine halbe Stunde vor dem Schlafengehen eine Tablette. Damit sollten Sie sieben bis acht Stunden durchschlafen können.«

Life begins after Coffee. An den Slogan der Kaffeekette hatte sie heute Morgen noch geglaubt. Hier würden nur fair gehandelte Bohnen verwendet. Fair! Charlotte lächelte bitter und dachte an ihr Leben. Aber auch an die Kaffeebauern, die für wenig

Geld schufteten, und sie wünschte ihnen, dass wirklich etwas von ›Fair‹ bei ihnen ankomme. Kaffeepflückerin. Das hätte das Schicksal auch aus ihr machen können. Aber Charlotte pflückte keine Bohnen in Brasilien, Kolumbien oder Äthiopien von den Sträuchern. Sie saß in einem geheizten Café am Münchner Hauptbahnhof, trank einen Cappuccino und versuchte, an ein großes Missverständnis zu glauben.

Sie hatte sich ein weiteres Exemplar der Zeitung gekauft, die sie im Zug zurückgelassen hatte, und studierte, versunken im Kunstledersessel, das Schwarzweiß-Foto auf der Suche nach Hinweisen, die gegen Dirk sprechen könnten. Sie fand nicht wirklich etwas und so fing sie an, all die Landschaftsgärtnereien von der Liste abzutelefonieren. Sechs Anrufe, sechs Absagen. Zwei weitere Betriebe fand sie noch im Internet, aber auch dort gab es keinen Dirk Kessler.

Es wird überhaupt keinen Dirk Kessler geben! Wütend tippte sie den Namen in die Suchleiste ihres Handys. Sie war überrascht, es war nicht nur ein Dirk Kessler, der ihr geliefert wurde. Aber keiner hatte etwas mit ihrem Dirk zu tun. Um den letzten Funken Hoffnung zu ersticken, wählte sie seine Nummer, hörte sich das nicht enden wollende Freizeichen an und gab sich dann ihrer Wut hin, die die Trauer vergessen machte. Wie konnte ich nur so blöd sein! Schon die beiden Telefone und der Anruf der Frau, seiner Mutter ... »Elisabeth Pokatzky, ich hätte gerne Paul Pokatzky gesprochen ...«

Eine Kundin! Eine Kundin, die den gleichen Namen wie sein Kollege hatte? Welch ein Zufall bei solch einem ungewöhnlichen Namen! Kein Müller, Mayer, Schmidt! Eine lästige Kundin, die er später anrufen würde! Und wann hatte er sie dann angerufen? Als ich schon sehnsuchtsvoll und mit kaputtem Fuß in meinem Bett auf ihn wartete? Charlotte riss eine neue Packung Taschentücher auf.

Auf dem Cappuccino war der Schaum eingefallen, der Rest darunter kalt. Sie schob die Tasse beiseite, lehnte sich zurück und rutschte noch tiefer in das Sitzmöbel. Im Hotel könnte ich mich ins Bett legen, dachte sie und fing an, in ihrem Handy nach einer Bleibe in der Nähe zu suchen. Das ›Best Western‹ war am preiswertesten. Hätte sie etwas zu feiern gehabt, wären ihr die Kosten egal gewesen.

Im Hotel nahm sie zwei von den Schlaftabletten. Sie wollte die Schlafphase verlängern, denn es war erst siebzehn Uhr dreiundzwanzig, als sie die Vorhänge zuzog und das Licht ausmachte.

Kurz vor sieben schaute Charlotte auf ihre Uhr.

Dreizehneinhalb Stunden, rechnete sie nach, und war zufrieden, zumal sie traumlos durchgeschlafen hatte. Sie griff zur Fernbedienung und schaltete den Fernseher ein. Das ZDF Morgenmagazin half, nicht an den gestrigen Tag zu denken. Ein Jogger aus Köln, der täglich seine Strecke macht und dabei Müll aufsammelt – das sei auch der Po-Muskulatur dienlich –, faszinierte sie so sehr, dass sie darüber nachdachte, die bewegungsfaulen Italiener dazu anzuregen. Müll an den Straßenrändern gab es reichlich. Neben Politik und Kultur wurde auch gekocht. Charlotte notierte sich in Stichpunkten das Rezept. Ein Süßkartoffel-Eintopf mit Bratwurstbällchen. Den stellte sie sich mit den italienischen ›Salsicce‹ ganz besonders schmackhaft vor. Mit den ›Salsicce‹ war sie wieder in Italien bei Edoardo, dem Metzger aus dem Dorf, dachte an die bevorstehenden Wintermonate, an die damit verbundene Einsamkeit und an Dirk. Das wollte sie nicht.

Charlotte schlug die Bettdecke zur Seite und schlurfte ins Badezimmer, wo sie entsetzt vor dem Spiegel über dem Waschbecken stehen blieb. Sie erkannte sich selbst kaum wieder. Die verlaufene Wimperntusche ließ die geröteten Augen gruselig ausschauen, die Lider waren geschwollen und solche Tränensäcke hatte sie zuletzt nach Alex' Tod gehabt. Mit beiden Händen drückte sie sich zwei gekühlte Getränkedosen aus der Minibar auf die Augen. Charlotte wollte nicht mehr weinen. Beinahe trotzig plante sie die Stunden, die ihr in München blieben. Die Pinakotheken, etwas Farbenfrohes zum Anziehen für den Winter kaufen, Kino. Dazwischen irgendwo etwas essen.

Der Nachtzug war pünktlich. Charlotte hatte sofort die Tür verschlossen, nachdem ein Herr Gruber sie eingewiesen hatte. Er stehe ihr während der gesamten Reise zur Verfügung, sagte er, woraufhin Charlotte sich bedankte und den Wunsch äußerte, überhaupt nicht gestört zu werden. Keine Mahlzeiten, kein Wecken. Sie käme zurecht.

Als der Zug in Chiusi mit einem Ruck wieder anfuhr, wurde Charlotte wach. Noch eineinhalb Stunden bis Rom. Die beiden Schlaftabletten hatten ihren Dienst getan. Dösen und Schienenrattern wurde eins, bis der Weckruf vom Handy kam. Ein eigener kleiner Waschraum mit Toilette ersparte das Schlangestehen, und als Charlotte den Zug in Rom verließ, war ihr nicht mehr anzusehen, dass sie geweint hatte.

TEIL VIER

1

Es stürmte. Blätter wirbelten durch die Luft und Charlotte musste ihr Auto, das sie dummerweise unter einer Linde geparkt hatte, erst vom Laub befreien, bevor sie losfahren konnte. Kälte und der unangenehme Geruch nach Leder schlugen ihr beim Einsteigen entgegen, was der aufkommenden Sehnsucht ›Zuhause‹ allerdings nichts anhaben konnte. Sie zog die Tür mit mehr Kraft zu, als nötig, drückte sich in den Sitz und atmete tief durch. Dann drehte sie den Schlüssel um und fuhr aus Fabriano heraus. Aus dem Radio kam italienische Musik und die Stimmen der Moderatoren vom Sender Subasio klangen wie alte Bekannte. Als sie von Zucchero ›Così celeste‹ spielten, sang sie sogar mit. Im Auto wurde es warm und draußen dunkel.

Vom Dorf nahm sie die schmale Straße, die sich den Berg hoch schlängelte, hinein ins ›Abgelegen‹, auf das sie damals bei der Suche so großen Wert gelegt hatte. Schon von Weitem sah sie, dass das Licht auf der Küchenterrasse brannte. Der Schreck fuhr ihr durch alle Glieder, sie bremste abrupt ab, der Motor stotterte und ging aus.

Nur das Radio fuhr mit seinem Programm fort, als sei nichts geschehen. Dirk. Das war das erste, woran Charlotte dachte. Den Knopf vom Radio drehte sie so weit nach links, bis es knackte. Zur Stille gesellte sich die Angst. Wenn Dirk ... oder noch schlimmer, wenn Paul ...

Charlotte suchte in der Handtasche nach ihrem Handy. Was sollte sie sagen, wenn sie die Notrufnummer 112 wählen würde? Dass das Licht auf ihrer Küchenterrasse brannte? Aber vielleicht hatte der Sturm so sehr an der Lampe gerüttelt, dass sie wieder angegangen war? Zu Luca fahren, ihn bitten, mitzukommen? Und wenn sie dann tatsächlich auf Dirk stießen? Unmöglich wäre das nicht, er wusste, wo der Schlüssel lag. Charlotte starrte auf das Display ihres Handys, als würde dort gleich eine Lösung aufleuchten. Im Hellen wiederkommen? Aber wo die Nacht verbringen? Sie scrollte durch ihre Kontakte, obwohl sie es als sinnlos betrachtete. Es gab niemanden, den sie um eine Bleibe für eine Nacht bitten würde. Es war dann ihre eigene Nummer, bei der sie stoppte und auf Anruf drückte. Gebannt schaute sie zum Haus, hoffte, dass drinnen irgendwo ein Licht anginge, ohne darüber nachzudenken, welchen Vorteil sie davon haben könnte.

Zweimal drückte sie die Wiederholungstaste, nachdem das Klingeln aufgehört hatte. Charlotte wollte schon mit der Fernbedienung das Einfahrtstor öffnen, wollte mit dem Auto bis vor die Küchenterrasse fahren, wollte vorher die 112 eingetippt haben, um unverzüglich Hilfe rufen zu können, da sah sie einen Schatten am Haus.

Ihr Herz fing heftig an zu schlagen, Charlotte meinte, es hören zu können und fing erst wieder an zu atmen, als ihr schwindlig wurde. Der Schatten bewegte sich, sie warf das Handy auf den Beifahrersitz und umklammerte das Lenkrad, als wäre es ein Schutzschild.

Die Größe, der Gang … Dirk! Als er ins Scheinwerferlicht trat, gab es keinen Zweifel mehr.

»Charlotte!«

Mit zitternder Hand startete Charlotte den Motor.

»Charlotte, lass uns reden! Ich werde dir alles erklären!« Dirk hielt sich mit beiden Händen am Tor fest.

»Was willst du mir erklären? *Paul*!« Charlotte hatte das Fenster runtergelassen und schrie gegen den Motorlärm an.

»Paul Pokatzky, ist doch richtig, oder? Weißt du, von wo ich gerade komme? Ich komme aus Ulm, aus der Stadt mit den schlauen Spatzen und den dummen Bürgern!«

»Lass mich dir alles erklären! Charlotte, bitte, gib mir die Chance!«

»Weitere Lügen? Darauf habe ich keine Lust, ich rufe die Polizei!«

»Hör mir doch erst einmal zu und dann kannst du die Polizei rufen, wenn du das noch willst. Charlotte, ich bin nicht der, für den du mich hältst! Ich würde dir gerne erzählen, wer ich bin.«

»Wie viele bist du denn? Und wer von euch bringt mich dann um? Möglicherweise auf die gleiche Art wie deine Mutter, der ich so verdammt ähnlich sehe?«

»Charlotte, ich möchte nur reden. Es ist mir unendlich wichtig. Deinetwegen.«

»Ich habe Angst vor dir, Paul Pokatzky!« Ihre Stimme wurde heiser.

»Das musst du nicht.« Das sagte Paul so leise, dass Charlotte es nicht verstehen konnte.

»Was?«, schrie sie in übertriebener Lautstärke.

»Du musst keine Angst haben!« Pauls Stimme überschlug sich.

»Ich muss keine Angst haben? So wie nachts durch Harlem schlendern, passiert ja nichts!«

»Du musst ja nicht reinkommen.«

»Das ist *mein* Haus, Herr Pokatzky!«

»Ich meine, dass wir telefonieren könnten. Ruf mich mit dem Handy auf deinem Festnetz an. Und lass mich reden. Die nächsten Schritte überlasse ich dann dir. Egal, wie du entscheidest, auch gegen die Polizei würde ich mich nicht wehren.«

Charlotte schwieg, dann nickte sie knapp. Als das Licht in der Küche anging, drückte sie auf ›Anruf‹ unter ihrer Nummer.

Paul saß am Küchentisch, starrte auf das Telefon, das vor ihm lag und riss es an sich, als es klingelte.

»Charlotte …«, er machte eine Pause. Auch von der anderen Seite kam kein Ton.

»Charlotte, ich weiß gar nicht, wo ich anfangen soll.« Er schaute nach draußen in die Dunkelheit, in die Richtung, wo Charlotte im Auto saß.

»Fang von vorn an.« Paul hatte das Gefühl, dass auch sie ihren Blick dahin richtete, wo sie ihn vermutete.

»Meinen Vater habe ich kaum gekannt. Als er starb, ging ich in die erste Klasse. Nicht einmal zur Einschulungsfeier war er gekommen, wegen der Firma. Wegen der Scheißfirma, Charlotte, in der es immer so viel Wichtiges zu tun gab. Ich war meistens schon im Bett, wenn er nach Haus kam und wenn ich morgens frühstückte, war er nicht mehr da. Ich habe die Firma gehasst … so was von gehasst!« Mit dem letzten Wort spritzen feine Speicheltropfen auf die Sprechmuschel, die er mit der freien Hand schnell wegwischte. »Ich glaube, ich habe mich gefreut, als er starb. Ich dachte, jetzt ist es zu Ende und ich muss mich nicht mehr nach etwas sehnen, was ich nie bekommen konnte.« Paul schluckte, fuhr sich mit einer Hand über die Augen und ließ die Bewegung mit zwei Fingern über dem Nasenrücken auslaufen. Er hatte noch nie mit jemanden über sein Innenleben gesprochen. »Aber dann war meine Mutter da. Das war sie zwar schon immer, aber nach dem Tod meines Vaters eben anders. Sie machte mich zum Mittelpunkt ihres Lebens, nicht aus Liebe, aus reinem Egoismus. Schob mich dahin, wo sonst der Platz meines Vaters war. Ich musste sogar im Bett meines Vaters schlafen. Charlotte, bis zu meinem vierzehnten Lebensjahr schlief ich neben meiner Mutter!« Paul sprang auf und dabei fiel der Stuhl um.

»Dirk?«

»Alles gut. Nein! Nichts ist gut! Weißt du was das heißt, neben deiner Mutter zu liegen? Ich will nicht von der Anfangszeit reden, als ich diese Nähe noch mit Zuneigung verwechselt habe. Ich rede von später, als ich anfing mich zu schämen, als ich meine

Mutter auch nicht mehr im Nachthemd sehen wollte, mir ihre Schlafgeräusche den eigenen Schlaf raubten, ihr Anblick am Morgen, der Ekel, die Abscheu, das war die Hölle für mich!« Er gab dem Stuhl einen Tritt, dass er gegen die Wand flog.

»Dirk!?«

»Von wegen, beinahe mit einer Fotografin verheiratet gewesen!« Seine Stimme überschlug sich. »Ich kann dir all die Frauen aufzählen, an denen ich gescheitert bin! Die Fotografin gehörte nicht dazu, die habe ich mir zurechtbasteln müssen, weil du mich ausgefragt hast. Lügen über Lügen, Charlotte!« Er ging vom Tisch zum Spülbecken und vom Spülbecken zum Tisch. Wieder am Spülbecken schlug er gegen den Wasserhahn und schüttelte seine schmerzende Hand. »Ich habe mir falsche Namen zugelegt, ich habe geglaubt, das klappt vielleicht. Neuer Name, neuer Mensch. Dirk Kessler, der Gartenbauarchitekt aus Ulm ... solch ein kranker Schwachsinn, Charlotte! Aber Dirk war siegsgekrönt, Dirk hat geschafft, was Paul sich nie mehr hatte vorstellen können. Dirk verbrachte eine ganze Nacht neben einer Frau, ohne Angst, beim Aufwachen neben der eigenen Mutter zu liegen. Du lagst an meiner Seite, Charlotte.« Paul ging zum Fenster und weil er sich sicher war, nicht gesehen werden zu können, wischte er die Tränen auch nicht weg. »Ich liebe dich Charlotte.« Das flüsterte er und am anderen Ende hörte er ein Räuspern.

»Und zu all dem kommt noch die Dichtungstechnik!« Seine Stimme polterte. »Kaum war mein Vater unter der Erde, machte meine Mutter es sich zur Aufgabe, mich zum Nachfolger zu trimmen. Von der ersten Klasse an trug ich die Last der zukünftigen Nachfolge. Die verdammte vierte Generation! Ich durfte nicht einmal all die Berufswünsche äußern, die die Fantasie in jedem Alter mit sich bringt. Einmal habe ich es gewagt, zu sagen, dass ich gerne Gärtner werden würde, und dabei kam ich mir schon wie ein Verräter vor. Ich sei ein Pokatzky, musste ich mir immer wieder anhören. Und weil die Pokatzkys so etwas Besonderes sind, durfte ich auch nicht sein wie die anderen. Keine Jeans, keine Turnschuhe, keine langen Haare ... und keine Freunde. Das ergab sich von selbst.« Er lachte sarkastisch. »Ich war auf zwei Kindergeburtstagen eingeladen, das sagt schon alles.« Jetzt wischte er sich doch die Tränen ab. Es waren einfach zu viele. »Charlotte, was ich mit dir erleben durfte ... ich hab's kaputtgemacht. Bin durchgedreht, hatte meine Mutter vor Augen. Da war das Telefongespräch mit ihr am Abend, das Ei, das du gegessen hast am

Morgen ...« Paul merkte, dass die Verbindung tot war.

Warum Dirk ohne ein Wort verschwunden und nicht mehr erreichbar war, und warum er das getan hatte, worüber die Zeitung schrieb, blieb ungesagt. Das kleine Batterie-Symbol auf dem Display von Charlottes Handy blinkte noch zweimal, dann wurde es dunkel. Sie strich mit einer Hand über die schwarze Oberfläche, mit der anderen wischte sie ihre Tränen weg. Gerührt und unsicher zugleich zu sein, war keine gute Mischung. Dirk war ein Mörder, das ließ sich nicht einfach ausblenden.

Wieder stand er am Tor und rief Charlotte zu, doch nun endlich hereinzukommen. »Du musst wirklich keine Angst haben, Charlotte. Bitte, es ist mir wichtig, dass du die ganze Geschichte erfährst.«

Charlotte fror. Drinnen würde es warm sein. Sie hatte die Heizung nicht abgeschaltet, als sie nach Ulm aufgebrochen war. Nur wegen der Wärme ein Risiko eingehen? Sie schaute auf Dirk, der mit hängenden Schultern im Licht der Außenbeleuchtung wartete. Reglos stand er dort und irgendwann im Dunkeln. Dann ging das Licht wieder an. Dirk hatte den Bewegungsmelder ausgelöst und ging langsam über den Kiesweg zum Haus. Charlotte schaute ihm hinterher. Er tat ihr leid, aber ihr war auch klar, dass sie mit einem leeren Akku keinen Notruf tätigen könnte. Sie schloss die Augen und sah Paul, wie er an ihrer Bluse wischte, sah sein verbissenes Gesicht, sie spürte die Rohheit, die sich steigernde Aggression und fragte sich, warum erst jetzt. War sie blind gewesen? Hatte er abgebrochen, was er bei seiner Mutter zu Ende gebracht hatte?

Charlotte zitterte nicht nur wegen der Kälte. Sie ließ den Wagen an, wendete und fuhr zur Tankstelle an der Schnellstraße nach Fabriano. Dort gab es im ›Autogrill‹ etwas zu essen und eine Steckdose für das Ladekabel.

Sie wollte die ganze Geschichte hören, ohne ein Risiko einzugehen. Aber was könnte diesen Mord rechtfertigen? Seine schwierige Kindheit? Damit müssen viele Menschen in ihrem Leben zurechtkommen, ohne zu Mördern zu werden. Den Cappuccino holte sie sich zum Wachwerden. Obwohl es erst kurz nach zweiundzwanzig Uhr war, fühlte sie sich unsagbar müde. Sie fuhr nicht gleich wieder los, als sie sich ins Auto setzte. In ihrem Kopf verhakten sich die Gedanken.

Sie war für Klarheit und wählte erneut ihr Zuhause an. »Die ganze Geschichte.« Charlotte hatte nicht lange warten müssen, bis Dirk ans Telefon ging.

Er meldete sich mit einem unterdrückten »Hallo«. In Zukunft dürfte er gar nicht mehr abnehmen. Der Gedanke irritierte sie. An welche Zukunft dachte sie?

Dann sagte sie, »Ich bin's, Charlotte.«

»Danke, dass du dich wieder meldest. Ich hatte schon Angst, nichts mehr von dir zu hören. Es ist für mich so wichtig, dass du alles erfährst. Ich weiß gar nicht, wo ich aufgehört habe.«

»Erzähl mir, *warum* du es getan hast.«

Paul holte tief Luft, hoffte so, das Beben in seiner Stimme zu verhindern. »Ich könne nicht einmal einen Sohn zeugen, schrie mich meine Mutter an.« Das mit dem ›tief Luft holen‹ hatte nicht geklappt. Seine Stimme bebte. »Ich war gerade ein paar Tage aus Italien zurück, wir aßen zusammen zu Mittag, bei ihr, wo sie sich nicht zusammenreißen musste. Die von mir vorgelegten Geschäftszahlen sahen nicht gut aus, die Italienreise ein Flop … aus ihrer Sicht, … Charlotte, ich liebe dich!«, mit beiden Händen umfasste er das Telefon, als könne er seinen Worten damit Nachdruck verleihen. »Mit wem sollte ich denn einen Sohn zeugen!« Jetzt schrie er, entschuldigte sich aber umgehend bei Charlotte. »Ich hätte gerne Kinder gehabt. Ich hatte immer eine Sehnsucht nach Familie, nach einer eigenen Familie, nach Kindern, die viele Freunde haben sollten.« Pauls Stimme wurde immer schwächer. »Ich habe sie geohrfeigt. Links und rechts habe ich zugeschlagen, bis sie besinnungslos auf dem Boden lag.« Das sagte er ganz leise, doch für Charlotte reichte es offensichtlich zu verstehen.

»Aber sie war nicht tot?«

»Nein, sie war nicht tot. Sie kam auch wieder zu sich, schwach nur, aber es genügte, mich einen Versager auf der ganzen Linie zu nennen. Sie sah aus wie eine Hexe. Von da an weiß ich nichts mehr.«

»Du hast sie getötet.«

»Ich habe sie getötet.«

»Und wie?«

Paul kam sich selbst so erbärmlich vor, er hätte diese Grausamkeit gerne für sich behalten, aber er wollte kein Versteckspiel mehr, keine Lügen, er wollte nicht mehr weglaufen. Er kniff seine Augen zusammen und presste das Wort ›Zunge‹ zwischen den Zähnen hervor. »Ich habe ihr die Zunge rausgeschnitten.« Diesen Satz schoss er ab, wie einen Pfeil.

»Oh, mein Gott!«, war das Letzte, das er von Charlotte hörte und es schien eine Ewigkeit, dass nicht gesprochen wurde.

»Charlotte, ich war nach unseren drei Tagen völlig

überzeugt, die Kraft aufbringen zu können, in Karlsruhe alles hinzuschmeißen und einen Neuanfang zu wagen. Mit dir, Charlotte. Dann kam das Frühstücksei. Nicht anders isst es meine Mutter.«
Stille.

»Aß.« Paul freute sich, Charlottes Stimme zu hören.

»Aß. Du warst eben nicht mehr du.« Wieder liefen ihm die Tränen über die Wangen.

»Ich war deine Mutter.«

»Ja.«

»Warum hast du mich überhaupt kontaktiert, wenn ich deiner verhassten Mutter so ähnlich sehe?«

»Das kann ich mir selbst nicht erklären. Ich fühlte mich schon immer zu Frauen hingezogen, die mich an meine Mutter erinnern. Ich müsste einen Psychologen fragen.«

»Und wirst du auch einen Psychologen fragen, warum du sie umgebracht hast?«

»Mir wäre lieber, ich hätte einen an meiner Seite, der mir hilft, damit fertig zu werden. Gewollt habe ich es nicht. Ich war gar nicht dabei, als ich es tat. Später habe ich die Polizei gerufen. Die kamen zu zweit. Einem muss schlecht geworden sein. Die waren dann im Wohnzimmer beschäftigt. Ich saß in der Küche und da kam mir der Gedanke, zu dir nach Italien zu fahren. Wegen des Neuanfangs. Jetzt allerdings unter ganz anderen Vorzeichen.«

»Das kann man wohl sagen. Und hast du bei deinem Neuanfang auch darüber nachgedacht, was das für mich bedeuten würde? In was du mich da hineinziehst? Was du von mir verlangst? Abgesehen von der Unsicherheit. Wer sagt mir, dass du, aus welchen Gründen auch immer, nicht wieder die Kontrolle verlierst? Ich habe Angst, Dirk.«

»Paul.«

»Ich bleibe bei Dirk. Der Paul ist mir fremd. Und auch für *deinen* ›Neuanfang‹ solltest du dabei bleiben. Mich schließe ich aus diesem Neuanfang aus. Das solltest du verstehen.«

Beide schwiegen. Nur das Quietschen der Scheibenwischer war zu hören. Charlotte hatte sie eingeschaltet, weil es zu regnen anfing, machte sie aber wieder aus wegen der Sinnlosigkeit. Das Auto stand auf dem Parkplatz und draußen gab es nichts zu sehen in der Finsternis.

»Ich würde gerne nach Hause kommen.« Wieder Schweigen.

»Aber vorher möchtest du, dass ich gehe.«

»Ja, das möchte ich.«

»Ich bin von Fabriano zu Fuß hierhergelaufen. Ich

wüsste nicht, wo ich zu Fuß in der Nacht hinsollte. Wenn ich bis morgen …«

»Dirk, ich habe Angst mit dir unter einem Dach!«

»Ich bleibe im Gästetrakt. ›Linde‹ habe ich mir zurechtgemacht, als ich gestern ankam. Die Bettwäsche habe ich in deinem Fundus aufgestöbert. Du musst dir wirklich keine Sorgen machen, Charlotte, bitte.«

»Das ist so einfach gesagt. Es gibt keinen Hebel, den ich umlegen könnte.«

»Charlotte ich bin hier, weil ich dich liebe, nicht, weil ich dir etwas antun möchte! Warum sollte ich zurückkehren, um dich …« Paul machte eine Pause.

»Umzubringen? Wolltest du das sagen?«

»Ich kann es nicht einmal aussprechen. Und ich weiß auch nicht, wie es passieren konnte, dass ich dazu überhaupt fähig war. Ich bin kein Mörder!«

»Wenn du das nicht weißt, woher willst du wissen, dass es nicht wieder passiert? Denke an das Eigelb auf meiner Bluse. Das wolltest du auch nicht.« Die kleine Batterie auf dem Display fing wieder an zu blinken.

»Ich verstehe, dass ich dir die Angst nicht nehmen kann.« Paul klang resigniert. »Wo bist du überhaupt?«

»Auf einer Raststätte. Dort habe ich auch das

Handy aufgeladen, aber der Akku ist gleich wieder leer.«

»Ruf die Polizei, Charlotte.«

»Das kannst du doch selbst.«

»Ich kann kein Italienisch.«

Charlotte legte auf und fuhr nach einer kurzen Verschnaufpause zurück zur ›Casa Lumaca‹. Die Strecke reichte aus, um wieder warm zu werden. Vor der Einfahrt blieb sie stehen.

Dirk kam aus der Küche, als habe er damit gerechnet, ging bis zum Tor und griff mit beiden Händen ins schmiedeeiserne Gestänge. Wie ein Gefangener hinter Gittern, dachte Charlotte.

Sie ließ das Fenster auf der Fahrerseite runter.

»Du hättest auch die deutsche Polizei verständigen können!«, rief sie ihm entgegen. Es klang nicht wirklich vorwurfsvoll in seinen Ohren.

Dann stieg sie aus und ging auf ihn zu. Wie sehr hatte sie sich danach gesehnt, Dirk wieder in ihrer Nähe zu haben. Jetzt stand nicht nur das Tor zwischen ihnen.

Schlecht sah er aus. Unrasiert und die gewohnte gute Laune war aus seinem Gesicht verschwunden, dafür gab es tiefe Ringe unter den Augen.

»Hallo Dirk.« Es war Charlotte, als müsse sie ihn

nochmals begrüßen, weil es sich so anders anfühlte, als sie einander gegenüberstanden.

»Hallo Charlotte.« Eine Traurigkeit lag in der Luft, die weitere Worte verhinderte. Sie schauten sich nur an und dann ging das Licht aus. Im Schutz der Dunkelheit hob Charlotte ihre Hand, wollte die von Dirk berühren, zog sie aber kurz davor wieder zurück.

»Ich komme rein«, sagte sie und ging zum Auto.

Die Flügel des Tores bewegten sich langsam auseinander und genauso langsam ließ sie den Wagen auf das Grundstück rollen. Charlotte blieb auf der anderen Seite des Weges, als sie gemeinsam auf das Haus zugingen. Sie nahmen den Eingang über die Küche, wo sie verloren herumstanden, wie auf einer Party, auf der man niemanden kennt.

»Danke!« Er drehte sich zur Tür, sagte, dass er in den Gästetrakt ginge und morgen, versprochen, verschwunden sei.

»Warte, lass uns ein Glas Wein trinken.« Charlotte holte eine Flasche aus der Cantina.

Als sie zurückkam, standen zwei Gläser auf dem Tisch. Als wären sie ein eingespieltes Team. Charlotte genoss das Gefühl der Vertrautheit und ärgerte sich zugleich darüber.

Er gehörte nicht mehr dazu. Es gab auch nichts,

worauf sie anstoßen konnten. Beide hatten sie die Gläser nach einem kaum merklichen Zögern direkt zum Mund geführt.

»Wenn ich nichts von diesem Drama in Karlsruhe erfahren hätte, wenn es für mich nur einen Dirk Kessler gäbe, wenn ich ahnungslos geschluckt hätte, was du mir möglicherweise zu deinem plötzlichen Verschwinden aufgetischt hättest, hättest du mir dann jemals die ganze Wahrheit gesagt?«

»Ich wollte dir schon während der drei Tage den ›Paul‹ beichten, hatte aber Angst vor deiner Reaktion, der ich möglicherweise nichts hätte entgegensetzen können, sodass alles kaputtgegangen wäre. Ich wollte diese drei Tage harmonisch beenden …«

»Was dir ja ausgezeichnet gelungen ist!«

»Charlotte, mir ist nicht zum Scherzen.«

»Es ist die Wahrheit.«

»Die Wahrheit, mit der wollte ich schriftlich rausrücken. Damit du nach der ersten Enttäuschung und der Wut immer wieder nachlesen könntest und dich möglicherweise beruhigen würdest. Es wäre noch eine einfache Wahrheit gewesen.« Er leerte sein Glas in einem Zug.

»Was willst du tun?«

»Das klingt jetzt banal, aber ich hätte gerne ein paar frische Sachen zum Anziehen, weiß aber nicht, wie ich mir die besorgen sollte.«

»Du hast kein Geld?«

»Das ist nicht das Problem. Ich habe genug Geld. Ich habe Angst, aufzufallen. Ein Deutscher, der sich mit ein paar zusammengeklaubten italienischen Worten neu einkleidet. Vielleicht gibt es in Italien auch so etwas Ähnliches wie ›Aktenzeichen XY ungelöst‹, da laufen dann in der Zentrale die Drähte heiß.«

Charlotte musste lachen.

»Warum musst du immer in den unpassendsten Momenten lachen?«

»Es tut mir leid.« Charlotte goss Wein nach. »Welcher Tag ist heute?« Gleichzeitig schaute sie auf den Kalender und beantwortete sich die Frage selbst. »Donnerstag …«, murmelte sie. »Samstag ist in Fabriano Markt. Dort bekommst du alles. Socken, Unterwäsche, Hemden, Pullover, Hosen. An unterschiedlichen Ständen, und radebrechende Touristen sind die gewohnt.«

»Auch im November?«

»Ich weiß nicht, ob man sich über die Jahreszeiten Gedanken macht. Aber warum hast du solch eine Angst, entdeckt zu werden? Wolltest du dich nicht stellen? Zumindest habe ich das so verstanden.«

Dirk setzte das zweite Glas erst ab, als es leer war.

»Ich bin wirklich bereit gewesen, mich bei der Polizei zu melden. Nicht aus juristischen oder moralischen Gründen. Wegen der Aussichtslosigkeit. Weil auch ein Zusammenleben mit dir, Charlotte, keine Option mehr ist. Aber ich würde mich immer ungerecht behandelt fühlen, wenn ich für eine Tat büßen müsste, zu der man mich getrieben hat.« Er schenkte das dritte Glas voll. »Das ist eben der Unterschied zwischen Recht und Gerechtigkeit und ich bestehe auf Gerechtigkeit.«

»Muss ich mich nun schuldig fühlen, weil ich diese Option nicht zulasse? Das nämlich finde ich wiederum ungerecht. Du kannst bis Samstag bleiben. Morgen wasche ich deine Kleidung, du kannst so lange im Bett bleiben, bis alles wieder aus dem Trockner ist.«

Daraufhin hob er sein Glas und erwischte damit einen winzigen Moment das von Charlotte. »Danke!«

»Nur bis übermorgen.«

2

Es war Charlotte, die am Samstag zum Markt fuhr. Das Wetter war so scheußlich, da wollte sie ihn nicht aus dem Haus jagen, schon gar nicht zu Fuß. Sie würde ihn noch einkleiden, dann aber musste er selbst weitersehen. Außerdem kaufte sie alles, was man zum Rasieren brauchte, auch eine Zahnbürste und sie fand ein Huhn, das, obwohl im gerupften Zustand, den Eindruck machte, ein glückliches Leben gehabt zu haben. Wenn Hühner das überhaupt zur Kenntnis nehmen können. War ihr Leben glücklich? Was heißt, war, ich lebe ja noch. Könnte es noch glücklich werden? Sie schob beiseite, worauf es eh keine Antwort gab und dachte an das Zitronenhuhn, das sie am Abend machen wollte. Mit Salbei, Thymian und jeder Menge Knoblauch.

Und sie merkte, dass sie sich beim Gedanken an das gemeinsame Abendessen durchaus glücklich fühlte. War das gut? Wo war die Angst geblieben? Diese gesunde Portion Angst, die auf Gefahren aufmerksam macht, die beim Überleben hilft. Von der Panik, die sie vor zwei Tagen befallen hatte, spürte Charlotte gar nichts mehr. Sie mahnte sich selbst vor Leichtsinnigkeit. Vorsicht ist auf jeden Fall noch angebracht, und ich muss konsequent bleiben. Ein Zusammenleben ist ausgeschlossen.

Als Charlotte zurückkam, war Dirk damit beschäftigt, das Laub unter den Obstbäumen zusammenzukehren. Was sollte sie dem Gärtner sagen, der sich für die nächste Woche angekündigt hatte? Dass *sie* schon alles erledigt hätte? All die Jahre hatte sie sich nie darum gekümmert.

»Ist dir langweilig?«, rief sie ihm zu und schwenkte die Tasche mit den Socken, der Unterwäsche und dem Pullover.

»Jetzt nicht mehr. Ich liebe diese Arbeit. Schon als Kind bin ich unserem Gärtner nicht von der Seite gewichen. Und wenn ich mich nicht hätte um die Dichtungstechnik kümmern müssen ...«

»Dann wärst du Landschaftsarchitekt geworden, ich weiß. Aber jetzt solltest du dich erst einmal rasieren. Ich habe dir alles mitgebracht, man erkennt dich ja kaum wieder.«

»Man erkennt mich nicht wieder?«

»So ist es, man erkennt dich kaum wieder ... also solltest du dich doch nicht rasieren. Was meinst du?«

»Ich plädiere für Vollbart!«, den er mit beiden Händen andeutete.

»Du scheinst gut gelaunt zu sein. Kannst du dir das leisten?« Sie lachten beide.

Eine Hose habe sie ihm nicht mitgebracht, da sei sie sich mit der Größe nicht sicher gewesen und bei den Oberhemden, da habe sie an sein breites Schwimmerkreuz gedacht, da habe sie schon gar kein Risiko eingehen wollen. Alles könne online bestellt werden, er müsse dann eben bleiben, bis die Lieferung eintreffen würde. Dazu sagte Dirk nichts, aber Charlotte wusste selbst, dass ihr dieser Aufschub nicht unangenehm war.

Zum Zitronenhuhn tranken sie einen Verdicchio dei Castelli di Jesi und sprachen über Bücher, die sie gerne gelesen und Filme, die sie gerne gesehen hatten.

3

Bevor die erste Online-Bestellung eintraf, machte Dirk Charlotte darauf aufmerksam, dass die Oliven noch an den Bäumen hingen. Das wisse sie selbst, sagte sie, wann aber hätte sie sich darum kümmern sollen.

»Dann kümmern wir uns jetzt darum, wäre doch schade, wenn sie irgendwann einfach nur vom Baum fallen.«

»Zu zweit? Wir werden Tage brauchen. Ich kann keine Hilfe anfordern.«

»Wegen mir.«

»Natürlich deinetwegen. Ich weiß auch gar nicht, was ich dem Gärtner sagen soll. Er hat schon nachgefragt.«

Dem sagte Charlotte dann ab, erzählte ihm von Gästen, die auch mal eine Olivenernte mitmachen wollten. Ein sogenannter Event. ›Un evento‹. Fünf Tage lang waren die beiden beschäftigt.

Dirk betonte ständig, wie ihn diese körperliche Arbeit seine unsichere Zukunft vergessen lasse, dass er sich als Jäger und Sammler fühle, der für eine sichere Zukunft vorsorge.

Charlotte mochte es nicht, wenn Dirk von Zukunft sprach, war sich aber auch ihrer Inkonsequenz bewusst. Die entschuldigte sie damit, noch auf die Lieferung der Bestellung warten zu müssen. Es entging ihr allerdings auch nicht, dass er die Zusammenarbeit mit ihr sehr genoss. Nach einem Tag waren sie ein eingespieltes Team. Zweimal fuhr sie zur Mühle. Allein. Dirk half lediglich beim Beladen des Autos, beim Entladen würde man sich sicherlich um sie reißen.

Sie waren so beschäftigt, dass sie die mittlerweile eingetroffenen Pakete diverser Online-Shops erst öffneten, nachdem achtundsechzig Liter Öl in der Cantina standen.

Charlotte hatte bei unterschiedlichen Shops eingekauft, sie meinte, damit auch das Risiko zu verteilen, aus irgendeinem Grund aufzufallen.

Er hielte das für übertrieben, sagte er, mischte sich aber nicht ein, auch nicht bei der Auswahl der Hosen, Pullover, Hemden und eines wetterfesten Anoraks. Allerdings bestand er darauf, selbst für die Rechnungen aufzukommen.

Charlotte suchte aus, was ihr gefiel. Zwei Hemden musste sie zurückschicken, die spannten über dem Brustkorb. Die Pakete brachte sie nicht gleich zur Post und so reihten sich weitere gemeinsame Tage aneinander, die alle mit einem kulinarischen Höhepunkt am Abend endeten.

Geredet wurde über vieles, über das zurückliegende Ultimatum aber fiel kein Wort und als Dirks durchnässte Turnschuhe nicht schnell genug trocken wurden, kümmerte sich Charlotte um die Bestellung von festen Winterschuhen. Das stellte sie sich wegen der Passform nicht einfach vor; in wie viele Paare schlüpft man im Schuhgeschäft, bevor das gutsitzende im Karton zur Kasse getragen wird. Damit begründete sie auch die Lieferung der Hausschuhe aus Filz, die zusammen mit den Winterstiefeln eintrafen, die zu ihrer Freude nicht passten. Er klagte über Druckstellen am Außenknöchel und Charlotte überlegte, was sie in den nächsten Tagen kochen könnte.

Der November ging zu Ende, das zweite Paar Stiefel drückte nicht mehr am Außenknöchel, war aber zu groß. Dirk schlug vor, gleich mehrere Paar Schuhe zu bestellen und all die, die nicht passten, zurückzuschicken, was Charlotte nicht verstehen konnte, – jede Verzögerung käme auch ihm zugute – sich aber nicht widersetzte.

Zu Nikolaus trug er dann ein paar gefütterte Halbstiefel in Dunkelbraun und Charlotte hatte das Haus weihnachtlich geschmückt.

Das hatte sie schon lange nicht mehr so leidenschaftlich getan. In den vergangenen Jahren hatte sie sich mit etwas Kerzenlicht, einem Räuchermännchen und ein paar grünen Zweigen begnügt, die sie von ihren Hausbergausflügen mitbrachte.

Das Miteinander war selbstverständlich geworden und Charlotte war sich bewusst, dass sie es zugelassen hatte. Was sie nicht zuließ, war der körperliche Kontakt. Keine zufällige Berührung, keine Hand auf der Schulter, kein Streicheln, keine Umarmung.

Paul hatte ein Gespür für diese Ablehnung und er achtete darauf, diese Grenze nicht zu überschreiten. Er war dankbar, weiterhin in Charlottes Nähe sein zu dürfen und dachte auch nicht über die Zukunft nach. Er hielt einfach nur still. Das konnte er gut.

»Wir sollten ein paar Weihnachtsplätzchen backen, ich mag es, wenn das Haus danach riecht.« Charlotte blätterte in einer Zeitschrift, die sie wegen der Rezepte aufgehoben hatte.

Paul hatte in seinem ganzen Leben noch keine Weihnachtsplätzchen gebacken, aber nichts dagegen, Charlotte zu helfen. Er überbrühte Mandeln, schälte und mahlte sie, knackte Walnüsse und hackte Schokolade. Charlottes Anweisungen waren knapp, während sie abwog, rührte und knetete, und begannen alle mit Dirk. Dirk, könntest du …, Dirk, du solltest …, Dirk, du musst …, Dirk, pass auf …

Als sie das erste Blech aus dem Ofen zog und Paul unter die Nase hielt, damit er ›Weihnachten‹ riechen sollte, spürte er das erste Mal den Verlust seiner Identität. Hatte er ›Dirk‹ immer als eine vorübergehende Verkleidung betrachtet, die er ablegen konnte, wenn sie nicht mehr notwendig wäre, fühlte er sich jetzt in ihr gefangen. Nicht mehr Ich sein dürfen. Einen Paul Pokatzky gibt es nur noch auf der Fahndungsliste der Polizei, im Handelsregister, als Kontoinhaber bei der Bank, auf meinem Klingelschild in Karlsruhe, im Telefonbuch, eingraviert in den Pokalen diverser Schwimmwettbewerbe, auf den Dokumenten, die ich zurückgelassen habe, im Familienstammbuch. Die Familie. Im Grunde bestand sie nur aus Mutter und mir. Was muss ich denn groß zurücklassen? Das ist nicht viel und auch nichts, was ich vermissen würde, also kein ›sozialer Tod‹. Und trotzdem hatte er das Gefühl, dass etwas starb.

»Und … riecht das nicht gut?«

»Was?«

»Na, die Kekse!«

4

Am dritten Advent und nachdem Charlotte Dirk einen Schlafanzug besorgt hatte, schlug sie vor, Weihnachten gemeinsam zu feiern. Sie selbst hatte Angst vor den Feiertagen, die sie diesmal wohl ganz allein verbringen müsste, denn Luca hatte sich, seitdem er die ›amicizia‹ aufgekündigt hatte, nicht mehr gemeldet. Es war schon zur Tradition geworden, am ersten Feiertag bei ihm zu Hause mit seiner Mutter und einem ›sacco di parenti‹ zu Mittag zu essen.

In diesem Jahr wollte sie mit Dirk ganz klassisch eine Gans genießen. Mit Klößen, Rotkohl und Preiselbeeren zum Heiligabend. Wie es danach weitergehen sollte, dazu sagte sie nichts. Sie dachte auch nicht darüber nach, ließ es erst gar nicht zu, wenn sich das Thema in ihrem Kopf einnisten wollte. Es war ein Schwebezustand, der ihr nicht unangenehm war und der momentan keine Entscheidung verlangte. Auch ihre Gefühle für Dirk ließ Charlotte in der Schwebe. Ihr reichte seine Gesellschaft, die die depressive Stimmung in den Wintermonaten verhinderte.

Natürlich hatte Dirk nichts gegen ein gemeinsames Weihnachtsfest. Er schlug vor, eine Wanderung zum Hausberg zu machen und eine kleine Tanne zu fällen, verwarf die Idee aber sofort wieder. Es wäre das erste Mal, dass er seit seiner Ankunft das Grundstück verlassen würde, ein Risiko, das er nicht eingehen wolle. »Ich kann dir nicht einmal ein Geschenk kaufen!«

Charlotte besorgte den Baum in einer Gärtnerei. Für Dirk kaufte sie eine Mütze und einen Schal und dachte dabei an den Januar und Februar, die kältesten Monate. Sie ließ beides weihnachtlich verpacken, auch den zweiten Schlafanzug, bei dem sie sich fragte, was sie da überhaupt tat, während die Verkäuferin umständlich das Papier faltete.

Dann aber machte sie wieder, was sie in den letzten Wochen schon getan hatte. Die nächsten Tage planen. Sie besorgte einen frischen Rotkohl für den Vierundzwanzigsten und ein Stück Rindfleisch für die Suppe am Abend. Kam sie von ihren Einkaufstouren nach Hause, traf sie Dirk meist im Garten an. Er wolle sich nützlich machen, sagte er, aber vor allem sich ablenken von all dem, was ihn bedrücke, wenn er morgens im Spiegel den Mann mit dem Vollbart erblicke. Charlotte schwieg dazu.

5

Da es kein Wohnzimmer gab, stellte Paul den hageren Baum mit den hellen, kurzen Nadeln in der Küche auf. Hier bekomme man keine Edeltannen, sagte Charlotte. Er freute sich, dass sie nicht protestierte, das Fest in der Küche stattfinden zu lassen. Die Gans schmorte im Ofen und Charlotte formte mit nassen Händen die Klöße, während Paul mit allem, was sie ihm hingestellt hatte, den Baum schmückte.

Er dachte an die Weihnachtsfeste seiner Kindheit, konnte sich nur an die ohne den Vater erinnern, und dass er immer eine kleine Kinderkrawatte tragen musste, die am letzten Knopf des weißen Hemdes eingehakt wurde.

Heute würde er mit Sicherheit keine Krawatte tragen. Er besaß gar keine. Überhaupt war der Inhalt in seinem Kleiderschrank übersichtlich. Charlotte hatte für seine Garderobe gesorgt, später hatte sie nicht einmal mehr gefragt, ob ihm gefallen würde, was sie im Internet aufrief. Er hatte nicht protestiert, es war ihm nicht wichtig gewesen.

Wichtig waren ihm die Tage, die er bleiben durfte und diese Großzügigkeit wollte er nicht stören.

Aber aus den Tagen wurden Wochen und aus der unberechenbaren Gastfreundschaft wurde fast Selbstverständlichkeit.

So gelang ihnen ein entspannter Heiliger Abend, mit einem vorzüglichen Essen, dem ein Tiramisu zum Nachtisch folgte. Das habe er sich verdient, sagte Charlotte. Dann gab sie ihm die beiden Päckchen, wobei sich ihre Hände kurz berührten. Paul schaute ihr in die Augen, die erschrocken, aber nicht ängstlich blickten. Sie senkte den Kopf und zeigte auf die Geschenke.

»Mach doch auf.«

Paul zog gedankenverloren an der Schleife. »Du siehst heute Abend wunderschön aus.« Sie schwieg und er fingerte am Papier, als wollte er es retten, damit man es noch einmal benutzen konnte. »Nein, eigentlich siehst du immer wunderschön aus, aber heute Abend besonders.«

Charlotte zupfte verlegen an der Spitze des Dreiviertelärmels ihres kleinen Schwarzen. »Habe ich mir extra für Weihnachten gekauft. Ich hatte Lust auf etwas Feierliches.«

»Ich wäre gerne dabei gewesen, als du es ausgesucht hast.«

»Ich hätte mich gefreut.« Das sagte Charlotte ganz leise.

Paul hielt Mütze und Schal in die Luft und um der aufkommenden melancholischen Stimmung entgegenzuwirken, legte er beides an.

»Will ja nicht hintenanstehen mit dem feierlichen Outfit!« Sie lachten und Charlotte wickelte ihm den Schal zweimal um den Hals. Das müsse so sein, der sei ja nicht umsonst so lang. Paul umfasste ihre Hände, die die beiden Schalenden hielten.

»Danke, Charlotte.« Dass es nicht um Mütze und Schal ging, verstand sie.

»Du sollst nicht leer ausgehen.« Mit diesen Worten ließ er ihre Hände wieder los und überreichte ihr ein quadratisches Päckchen, eingewickelt in einer Leinenserviette und verschnürt mit Gartenbast.

»Oh, du warst in der Gefangenschaft kreativ! – Entschuldige, das war nicht so gemeint.«

»Nein, nein, du hast schon recht. Man wird erfinderisch in Ermangelung der Freiheit, nicht nur, was die Verpackung angeht, auch beim Inhalt. Schau rein.«

Zwei Topfuntersetzer aus daumendicken, mit Schnitzereien verzierten Aststückchen vom Olivenbaum, wie ein Floß mit Gartenbast zusammengeschnürt, trieben Charlotte die Tränen in die Augen.

»So schlimm ist mein Geschenk nun auch nicht!« Paul nahm Charlotte in die Arme, drückte sie an sich und streichelte den langen Nacken, über den sich einige Strähnen unter der Hochsteckfrisur kringelten. Mehr erlaubte er sich nicht, wieder hielt er einfach nur still. Es war Charlotte, die ihren Kopf von seiner Schulter nahm und sich auf die Zehenspitzen stellte, bis sich die beiden Nasen berührten.

»Mach es wie im Oktober. Ich möchte dich spüren.«

Charlotte sammelte die verstreuten Kleidungsstücke ein und Paul stellte die Reste des Tiramisus in den Kühlschrank, er wolle diesmal auf Nummer sicher gehen. Dann nahm er die beiden Weingläser vom Tisch, nachdem er den verbleibenden Flascheninhalt gerecht verteilt hatte und folgte Charlotte nach oben. Die drehte sich um und setzte ihm die Strickmütze auf, damit ihr ›Weihnachtsmann‹ es wenigstens auf dem Kopf warm habe.

6

Charlotte wurde vom Klingeln geweckt und auch Dirk schreckte hoch und schaute sich verwirrt um, bevor er sich mit einem Stöhnen wieder fallen ließ.

»Kommt von draußen, vom Tor«, ihre Stimme war schlaftrunken und die Lust nach unten zu gehen, um nachzuschauen, hielt sich aufgrund der Müdigkeit in Grenzen. »Dirk, könntest du nicht …« Sie schmiegte sich noch mehr an ihn und kraulte in seinen Haaren.

»Ich? Das finde ich keine so gute Idee. Und abgesehen davon, ich spreche kein Italienisch.«

So hatte Charlotte keine andere Wahl. Barfuß und im Bademantel nahm sie murrend die steinernen Stufen zur Gegensprechanlage. Da musste sich auf jeden Fall etwas ändern, so konnte das nicht weitergehen, wenn es denn überhaupt weitergehen sollte … ich kann doch nicht ständig für Dirk den ›Außendienst‹ erledigen!

»Pronto?«

Es war Luca, der schlecht gelaunt ›buon natale‹ wünschte und fragte, ob er kurz reinkommen könnte.

Charlotte wurde schlagartig wach und öffnete das Tor. Sie rief ihm ein übertrieben fröhliches ›auguri‹ entgegen, und als er in die Küche trat, fiel sein Blick sofort auf den nicht abgeräumten Tisch von gestern.

Es sei der Wunsch seiner Mutter, er hätte damit gar nichts zu tun, aber sie würde darauf bestehen, dass Charlotte zum Mittagessen käme. *Den* könne sie ja dann auch mitbringen, dabei schwenkte er den Kopf zum Küchentisch. Es ginge ihm gut, war die Antwort auf Charlottes Frage, die er beim unverzüglichen Hinausgehen beantwortete.

»Da kann ich nicht mitkommen«, protestierte Dirk. »Viel zu riskant.«

»Luca kennt dich doch sowieso. Er kennt Dirk Kessler, den Landschaftsarchitekten aus Ulm. Du kannst dich nicht ewig verstecken. Und ich möchte dieses Versteckspiel auch gar nicht leben, sollten wir über eine gemeinsame Zukunft nachdenken.«

»Tust du das denn?«

»Es sind Gedankenspiele.«

»Darf ich mitspielen?«

»Wenn du dich an die Regeln hältst.« Charlotte hatte sich wieder aus dem Bademantel gewickelt und kroch zu Dirk unter die Decke.

Diak, sprachen die Italiener seinen Namen aus. Es war nicht einfach für Paul, mit Charlotte ins Dorf zu fahren. Allein die große Anzahl der Autos, die vor Lucas Haus parkten, ließen ihn am liebsten umkehren. Aber Charlotte gab nicht nach, das sei ein erster wichtiger Schritt, den müsse er tun. Seinen Bart wusste er zum ersten Mal zu schätzen, als ›La mamma‹ die Haustür öffnete und das Stimmengewirr im Hintergrund ihm eine Vorstellung vom Umfang der Verwandtschaft lieferte.

All die Menschen sollten sich an einen großen, breitschultrigen Mann mit Vollbart mit dem Namen Diak erinnern, der kein Italienisch sprach, sich nach jedem Gang des traditionellen Weihnachtsessens mit der Serviette den Mund abwischte und *hervorragend* sagte. Einen Paul Pokatzky gab es für sie nicht, und wie überhaupt sollten sie von ihm erfahren. Paul entspannte sich, was auch am Wein zur ungewohnten Tageszeit lag und er lehnte nicht ab, wenn nachgeschenkt wurde. Das bereute er etwas, als es zur Panettone einen Passito gab und dem Espresso ein Grappa folgte.

Die Italiener waren in bester Stimmung, der Geräuschpegel nahm dementsprechend zu, nur, wenn sie Paul etwas fragten, und Charlotte das Antworten übernahm, wurde es still.

Die Neugierde der Italiener brachte Charlotte nicht selten in Verlegenheit, wie Paul ihr deutlich ansehen konnte, und ihm wurde bewusst, dass ein Bart allein nicht die Lösung war.

»Grazie mille«, artikulierte Paul mit schwerer Zunge und seinem Glas in der Hand. Damit machte er eine Bewegung in die Runde und hob es bei Luca in die Höhe. Der nickte kurz, griff nach seinem Glas und leerte es in einem Zuge.

»Ci vediamo«, sagten einige Italiener bei der Verabschiedung und Charlotte übersetzte, dass man sich sehe, dass man sich von nun an kenne. Dagegen hatte Paul nichts, und obwohl er angeschlagen war oder gerade deswegen, spürte er einen Neuanfang vor sich, auf den er sich einlassen wollte.

7

Zwischen den Jahren. Das klinge so, als sei man irgendwo eingeklemmt, bemerkte Paul beim Frühstück. Die Feiertage lagen hinter ihnen und sie planten Silvester. Keine Party. Sie wollten allein bleiben und stellten ein Menü mit unzähligen Gängen zusammen, das sie bis zum Jahreswechsel mit Essen beschäftigen sollte.

»Wenn du mich weiter so verwöhnst, bekomme ich Gewichtsprobleme, meine liebe Charlotte.« Paul bereute sofort diesen Satz, über ein Weiterso, eine gemeinsame Zukunft, war noch nie eindeutig gesprochen worden. Er konnte diese Diskussion nicht eröffnen. Er war nur ein Bittsteller. Er war ein Mörder.

»Gang fünf ein Sorbet aus Gurken mit Zitrone und Minze, was meinst du?«

»Ich muss raus, eine rauchen!«

»Kann das nicht warten?«

»Charlotte, *ich* kann nicht mehr warten. Ich weiß nicht, woran ich bin! Es gibt keine deutliche Richtung. Wir planen akribisch ein Silvestermenü, reden aber nie darüber, wie es weitergehen soll! Sag mir einfach, wie du zu mir stehst, wie du mit mir als Mörder, ja, Mörder, da gibt es nichts zu beschönigen, klarkommen wirst, solltest du an ein Zusammenleben denken!«

Charlotte legte den Stift beiseite und starrte auf die Notizen für die ersten vier Gänge. »Ich verdränge, dass du einen Menschen umgebracht hast, und so, wie ich dich kenne, würde ich dir das auch niemals zutrauen. Ich verdränge, weil ich dich liebe. Es ist schön, mit dir die Tage und auch die Nächte zu verbringen. Trotzdem ist da auch Angst. Eine Angst, mich festzulegen, mich entscheiden zu müssen. Und natürlich wird diese Angst von deiner Vergangenheit genährt. Auch wenn ein anderes Ich, wie du sagst, für diese Tat verantwortlich ist, dass du im Grunde nicht dabei warst, als deine Mutter das Fass zum Überlaufen gebracht hatte, wer garantiert mir, dass du nicht wieder in diese Situation kommst? Welchen Auslöser braucht es? Bei meinem Aussehen hätte ich gute Karten, Auslöser zu sein. Und ich frage mich, ob du bereust, was du getan hast und ob dich Schuldgefühle belasten?«

»Ich habe Schuldgefühle und ich will es nicht. Solange ich denken kann, hat meine Mutter mein Leben zerstörerisch beeinflusst. Ich war auf einem guten oder sagen wir mal, auf einem *fast* guten

Weg, mich aus ihren Klauen zu befreien. Was sie mit ihren letzten Worten ausgelöst hatte, das war dann der finale Stoß. Juristisch gesehen kann ich einpacken. Denke ich an Gerechtigkeit, dann will ich endlich leben.«

»Mit mir.«

»Ja, mit dir.«

»Ist ja auch perfekt hier. Abgelegen und im Ausland.«

»Ich verstehe.« Paul sprang auf und verließ die Küche.

Kurz darauf sah Charlotte ihn in der Winterjacke mit dem Fellbesatz an der Kapuze Richtung Einfahrt laufen.

»Dirk, das war nicht so gemeint! Bitte Dirk, komm zurück!« Charlotte stand auf der Küchenterrasse und rief ihm verzweifelt hinterher. Der zog das kleine Tor hinter sich zu und lief mit den Händen in den Taschen die Straße zum Dorf hinunter.

Diesmal wird er wiederkommen. Wo soll er denn hin? Er hat doch nur mich …

Sie machte sich einen Tee und schob Papier und Stift beiseite. Das Mittagessen ließ sie ausfallen und beim Abendbrot saß sie immer noch allein am Tisch. In der Nacht lag sie wach.

Sie stand mit dem ersten Morgenlicht auf und war fest entschlossen, sich mit Dirk auf eine gemeinsame Zukunft einzulassen. Wenn er wiederkommt. Das tat er zwei Tage lang nicht.

8

Es war am Silvestermorgen, als Charlotte Paul zitternd vor dem Terrassenfenster stehen sah. Überglücklich riss sie die Tür auf und zog ihn in die warme Küche.

»Wo warst du?« Sie weinte und warf sich in seine Arme, die er nur zögerlich um sie legte.

»Weg.«

»Das weiß ich, aber wo?«

»Ich war im Gartenhäuschen und ich habe einen Wahnsinnshunger.«

»Im Gartenhäuschen? Bei dieser Kälte?«

»Konnte ich mir nicht aussuche. Wo sollte ich sonst hin? Ich brauchte Abstand und ich habe nachgedacht. Ich kann nicht damit leben, wenn ich immer wieder das Gefühl haben muss, dass du mich als Schmarotzer betrachtest, als jemanden, der nur den Nutzen aus einem möglichen Zusammenleben ziehen will. Ich werde …«

Bevor sie ihn küsste, legte Charlotte Dirk den Zeigefinger auf seine Lippen. »Auch ich habe nachgedacht, auch über meine dumme Bemerkung, die unfair war. Entschuldigung … Ich spüre ganz deutlich, dass du mich liebst, das will ich nicht missen, auch in der Zukunft nicht. Morgen fängt nicht nur ein neues Jahr an, Dirk. Morgen fangen auch wir neu an. Mit einer Biografie für dich, eine neue Biografie für den Mann an meiner Seite.

Sie frühstückten nach einem ausgiebigen heißen Bad.

Über das Silvestermenü wurde nicht mehr gesprochen. Dirk machte den Vorschlag, mit ein paar Broten und einer Flasche Champagner im Rucksack auf den Hausberg zu gehen. Jetzt, da ihm wieder warm sei, könne er sich vorstellen, Mitternacht im Freien abzuwarten und dann von oben auf das Feuerwerk von Fabriano zu schauen. Charlotte war begeistert und zwei Stunden vor Jahreswechsel machten sie sich mit Taschenlampen ausgerüstet auf den Weg.

»Ein symbolträchtiger Berg«, sagte Charlotte, als sie auf die Lichter der Stadt blickten. Die ersten ungeduldigen Raketen schickten bunten Glitzerregen in den Nachthimmel, denen mit Verzögerung der Knall folgte. Sie kauten die Brote, während sie von einem Fuß auf den anderen traten. Der Wind war unangenehm und Dirk sagte, dass er im Gartenhäuschen weniger gefroren hätte. Charlotte lachte mit vollem Mund und er drückte sie fest an sich.

»Jetzt auch noch kalten Schampus trinken, ein heißer Tee wäre mir lieber!« Dirk öffnete die Flasche und Charlotte sagte, er solle den Korken ordentlich knallen lassen, mehr hätten sie nicht zu bieten. Gläser hatten sie nicht dabei, sie reichten sich abwechselnd die Flasche und waren hingerissen vom Feuerwerk aus der Vogelperspektive.

Den Rest tranken sie zivilisiert in der warmen Küche und stießen auf die Zukunft an, mit der sie sich am Neujahrstag ausgiebig beschäftigen wollten.

9

»Zehneinhalb Stunden unserer gemeinsamen Zukunft sind schon um, und wir haben uns noch nicht gekümmert!« Charlotte zog Dirk die Decke weg. Nackt lag er an ihrer Seite und sie vergaß, dass sie ihn aus dem Bett jagen wollte, damit er den Anfang machte. Gegen zwölf stand Charlotte auf und kam mit Kaffee, aufgebackenen Croissants und Papier und Stiften zurück.

»Also: Du heißt Dirk Kessler. Geburtsdatum?«

»Da würde ich gerne mein altes behalten.«

»Das fängt ja gut an.«

»Entschuldige, Charlotte, bei einer Weltbevölkerung von rund siebeneinhalb Milliarden verteilt auf die Anzahl der Tage eines Jahres, sollte es doch vorkommen, dass ein paar Menschen ein identisches Geburtsdatum haben. Ich will wenigstens meinen Geburtstag in ›Echtzeit‹ feiern!«

»Und wann ist der?«

So erfuhr Charlotte, dass Paul Pokatzky am sechsten Mai neunzehnhundertvierundsiebzig auf die Welt gekommen war. Sie ließ ihm dieses Stückchen Vergangenheit, nur den Geburtsort verlegten sie nach Ulm, wo der Vater, jetzt in Rente, bei einem Steuerberater tätig war, und die Mutter als Grundschullehrerin bis zur Pensionierung durchgearbeitet hatte. Geschwister keine. Er, Dirk Kessler, seit fünf Jahren Witwer. Die Frau, ebenfalls Landschaftsarchitektin, ließen sie an Krebs sterben. Kinder keine. Dirk durfte begeisterter Schwimmer bleiben und kennengelernt haben sie sich, wie es der Realität entsprach. Der Liebe wegen hat er alles aufgegeben, ist nach Italien zu Charlotte gezogen und kümmert sich um Haus und Garten. Ein Lebensgerüst, das standhalten musste, wenn Gäste Fragen stellten, was sie in entspannter Urlaubsatmosphäre gerne tun.

»Wann immer du etwas hinzufügen solltest, musst du das aufschreiben und mich darüber informieren, okay, Dirk?«

Sollte es Gäste aus Karlsruhe und Umgebung geben oder auch aus Ulm, wäre absolute Vorsicht angesagt. Da waren sie sich einig.

»Du darfst auch nicht ernsthaft krank werden. Nicht vom Olivenbaum fallen. Im Pronto Soccorso, bei der Notaufnahme in den Krankenhäusern, müssen Papiere vorgelegt werden. Du darfst auch in keine Polizeikontrolle geraten. Das heißt, du darfst kein Auto fahren. Du kannst nicht mehr fliegen.

Keinen Handyvertrag abschließen. Was ist eigentlich mit deinen Handys? Das waren doch zwei? Oder hast du das andere wieder deinem ›Kollegen‹ zurückgegeben?«

»Du musst jetzt nicht zynisch werden. Ich habe beide Handys und auch den Laptop direkt nach der Ankunft zerstört. Im Gartenhäuschen mit der Spalt-Axt. Den Müll muss ich noch entsorgen. In kleineren Mengen.«

»Hätte man den Laptop auch orten können?« Charlotte gab die Frage in ihren Rechner ein. Sie scrollte sich durch ein Angebot von Antworten, ohne dabei auf eine brauchbare zu stoßen. Dirk fand diese Aktion überflüssig.

»Wir müssen auf jede Kleinigkeit achten. Manchmal auch auf die vermeintlich überflüssigen.«

»Wenn sich das Notebook in Kleinstteilen in einem Karton befindet, ist das definitiv überflüssig.«

»Dann nehmen wir mal deine Kreditkarte.« Charlotte setzte sich entschieden auf.

»Die habe ich doch erst gar nicht mitgenommen.«

»Ich denke an deinen ersten Besuch bei mir. Du musstest unterwegs bestimmt tanken. Wie hast du bezahlt? Und die Autobahngebühren, die kann man auch mit Karte bezahlen. Die Polizei muss sich nur deine Kreditkartenbewegungen anschauen und kann locker nachvollziehen, wann du wo warst.«

Dirk war sich sicher, die Autobahngebühr in bar bezahlt zu haben. Was das Tanken anging, da musste er nachdenken. Er hatte nicht nur einmal getankt. In Italien, da habe er die Scheine aus seiner Brieftasche gezogen und sich noch über den Vorteil einer gemeinsamen Währung gefreut.

»Das Navi, Dirk! Die eingegebenen Adressen werden gespeichert!« Charlottes Finger rasten über die Tastatur.

»Ich habe kein Navi. Beruhige dich. Ich bin mit dem alten Mercedes meines Vaters gekommen. Der wurde nach seinem Tod nie verkauft, es war eine Neuanschaffung, an der er nicht lange Freude haben durfte. Meine Mutter fuhr ihn gelegentlich, später habe ich ihn übernommen. Tut mir fast ein bisschen leid, dass ich ihn zurücklassen musste. War mein Freizeitauto, den Firmenwagen benutzte ich nur geschäftlich. Einen Unterschied zwischen Arbeit und Freizeit zu machen, war mir immer wichtig. Mit Hilfe des Handys habe ich mich zu dir navigieren lassen und das ist entsorgt.«

Paul küsste Charlotte zur Beruhigung auf die Stirn.
»Du musst meine Nervosität verstehen.«
Das tat er. Ihm war klar, dass Charlotte sich straf-

bar machte. ›Strafvereitelung‹ hieß das in der Fachsprache und er nahm sich vor, sein Leben neben ihr leise zu verbringen. Allerdings bestand er noch darauf, aus dem Vater einen Förster zu machen. Er habe etwas gegen Steuerberater und der Förster würde seine Leidenschaft für die Natur erklären. Charlotte meinte, dass es sich bei einem Förster fast um ein Alleinstellungsmerkmal handle, und wenn jemand käme, der in Ulm in Waldnähe wohne oder noch schlimmer, in Nachbarschaft zum Forsthaus, und wenn dann der Förster nicht Kessler hieße, dann …

Paul ließ Charlotte nicht ausreden, fragte sie nur, wie häufig sie in ihrem Leben an einem Warnschild für Wildwechsel vorbeigefahren sei, ohne dass sie je ein Reh oder Wildschwein die Straße hätte queren sehen.

»Willst du unsere Zukunft mit Wahrscheinlichkeitsrechnungen absichern?«

»Ich will dir die Angst vorm Zufall nehmen.«

10

Es war Charlottes schönster Winter. Die Einsamkeit der vorangegangenen verblasste und im Alltag zu zweit nistete sich eine Routine ein, beinahe so, wie man sie bei alten Ehepaaren findet. Jeder hatte seine Aufgaben und jeder war zufrieden damit und ging ihnen mit Freude nach. Charlotte verwöhnte ihn kulinarisch und konnte sich nicht sattsehen am Wandel des Gartens, der im Frühjahr zeigte, was Dirk in den kalten Monaten angelegt hatte. Im Dorf war er der Deutsche und viele sagten Diak zu ihm. Luca kam gelegentlich vorbei, wenn auch nicht mehr so häufig wie in der Vergangenheit, und er lehnte auch die gemeinsamen Abendessen nicht ab, zu denen er hin und wieder eingeladen wurde. Die Lust auf den anderen, das Erkunden der Körper hatte allerdings noch keine Routine erfahren.

Der Belegungsplan für die Saison war gut gefüllt, Ostern würden die ersten Gäste kommen. Freute sich Charlotte gewöhnlich darauf, so war sie diesmal fast ein bisschen traurig und auch Dirk hätte es vorgezogen, weiterhin mit ihr allein zu bleiben.

Aber von irgendetwas müssten sie ja leben, sagte sie. Ohne darauf einzugehen, verschwand Dirk. Noch bevor Charlotte diesem unerklärlichen Verhalten auf den Grund gehen konnte, entleerte Dirk eine Plastiktüte auf dem Küchentisch. Der Haufen Geldbündel nahm Charlotte die Luft.

»Mein Beitrag. Ich will mich nicht aushalten lassen.« Charlotte fragte erschrocken, ob sie jetzt auch einem Bankräuber illegal Schutz bieten würde. Er sagte, es sei nur ›abgezweigt‹, doch das beruhigte sie nicht.

»So etwas tut man nicht im Affekt, das ist geplant!«

»Ich habe es nicht genommen, um mich zu bereichern. Da steckt keine Habgier dahinter, ich weiß nicht einmal, wie viel es ist. Ich wollte mich an meiner Mutter rächen. Mit jedem Schein, den ich beiseitelegte, habe ich mich gut gefühlt.«

Charlotte fühlte sich nicht gut. »Ich habe niemals daran gedacht, dass du etwas beitragen solltest. Mit keinem Wort habe ich das je erwähnt! Wenn du aber ein schlechtes Gewissen hast, dann könnte ich dir ein Gärtnergehalt zahlen, denn den habe ich ja eingespart. Von diesem Geld aber«, sie schob es in seine Richtung, »möchte ich nichts haben!«

»Wir reden einfach nicht mehr über Geld.« Paul packte die Bündel hastig in die Tüte und hoffte, dass die schlechte Stimmung damit auch wieder verschwände. Aber es blieb keine Momentsache. Charlotte sprach wenig beim Abendessen, ging früh schlafen und informierte Paul, dass sie die Heizung in ›Linde‹ eingeschaltet habe.

Dort lag er dann, ohne sich zuzudecken, in Kleidung auf dem Bett und starrte an die Decke. Er fühlte sich bestraft. *Du gehst jetzt auf dein Zimmer und kommst erst wieder raus, wenn ich es dir sage!* Nicht selten hatte er als Kind Angst gehabt, von seiner Mutter ganz vergessen worden zu sein. Danach wollte er immer brav sein. Will ich das heute noch? Schaffe ich das, mich ständig unterordnen zu müssen? Ich, Dirk Kessler, Landschaftsarchitekt, mit einem Vater, der Förster war, und einer Mutter, die Grundschulkinder unterrichtet hat?

Paul spürte das erste Mal in dieser Intensität, wie viel er aufgeben musste für ein bisschen Freiheit. Selbst am Schwimmen, das Charlotte ihm großzügiger Weise gelassen hatte, schien die Lust verloren. Schon im Winter, wenn er die Blätter von der türkisfarbenen Oberfläche fischte und die Filter säuberte, spürte er das Fehlen der Leidenschaft fürs Wasser. Als habe Dirk damit nicht das Geringste zu tun. Er drehte sich zur Seite und schlief mit Gedanken an Paul Pokatzky ein.

Mit dem viel zu frühen Wachwerden kam Reue auf. Wie großzügig Charlotte doch war. Und das Verständnis für seine Tat, wie viel Mitgefühl hatte sie gezeigt. Das schien jetzt nicht mehr auszureichen. Seine Liebe zu Charlotte, die fühlte sich an diesem Morgen wieder so an, als reiche sie aus, um alles andere zu ertragen.

Auch Charlotte hatte schlecht geschlafen. Ihr fehlte das Verständnis für Dirks Unterschlagungen, aber ihr fehlte auch die Schulter, an die sie sich jeden Morgen schmiegen konnte. Die Sorglosigkeit, die sich in den letzten Wochen eingestellt hatte, war verschwunden. Charlotte konnte sich nicht vorstellen, dass sich diese Unsicherheit wieder auflösen würde. Die Angst vor weiteren Offenbarungen kam hinzu. Sie drehte sich zur Seite und legte ihre Hand auf Dirks unberührtes Kopfkissen neben ihr, und die Angst vorm Alleinsein überlagerte alles.

Sie machte Frühstück und deckte für zwei.

11

Die Vorhersagen stellten schönstes Osterwetter in Aussicht. In der Karwoche konnten sie schon draußen frühstücken, was ungewöhnlich war. Beide freuten sich, gemeinsam am Frühstückstisch zu sitzen, betonten es jeden Morgen nach dieser Nacht, die sie getrennt verbracht hatten. Sie machten da weiter, wo sie vor dem Geld auf dem Küchentisch aufgehört hatten. Ohne viele Worte, denn die hätten wieder Fragen aufgeworfen, auf die es schwer gewesen wäre, die richtigen Antworten zu finden. Die Sonne, der blaue Himmel, die frische grellgrüne Landschaft machten es leicht zu verdrängen.

Beide kümmerten sich um den Saisonstart. Am Freitag sollten die ersten Gäste kommen. Drei Ehepaare würden den Anfang machen und dann gäbe es bis Mitte Oktober keine Lücke mehr, in der ihnen das ›kleine Paradies‹ ganz allein gehören würde. Sie nutzten die wenigen Tage, die ihnen blieben und liebten sich im Freien, dort, wo die Sonne im Rasen zu spüren war. Ein wildes Ringen, das mehr einem Kampf glich, bei dem es einen Sieger geben müsste. Es hatte sich etwas verändert, aber jeder behielt es für sich, in dem Glauben, es als einziger wahrzunehmen.

Paul nahm sich vor, keine Fehler zu machen. Nicht den geringsten Anlass zur Kritik wollte er Charlotte liefern. Mit dem Gartenwerkzeug haute das nicht immer hin. Arbeitete er an mehreren Stellen, blieb schon mal ein Spaten, eine Schere oder ein Eimer mit Unkraut zurück. Er empfand Erleichterung, wenn er selbst auf die ›Hinterlassenschaften‹ stieß, wie Charlotte sie nannte.

Die putzte Fenster und brachte Vorhänge in ›Linde‹, ›Ulme‹, ›Kastanie‹ und in all den anderen Gästezimmern an. Deckte die Möbel ab, bezog Betten und wischte Böden. Auf der Terrasse packte sie die Gartenmöbel aus und stellte Blumen auf die Tische. Trotz des Bedauerns über den Verlust ihrer Zweisamkeit herrschte eine Aufbruchsstimmung, die sie in ihrem Tun vorantrieb, bis es dunkel wurde und der Hunger sich meldete.

Gründonnerstag bestand Charlotte auf einem farblich abgestimmten Abendessen. Aus Prinzip oder Tradition, wie sie sagte, nicht, weil sie gläubig sei. Paul hatte nichts gegen Grün. Schon gar nichts gegen Rasenflächen, die in der Sonne lagen. Dort lagen *sie* dann im Durcheinander ihrer Kleidung, völlig außer Atem, aber zufrieden. Nur langsam richteten sie sich auf und Charlotte griff nach Pauls Hand, der den Druck spürbar erwiderte. Nackt standen sie nebeneinander. Wie Adam und Eva.

»Ein Paradies! Solch einen optisch schönen Empfang haben meine Gäste noch nie gehabt!« Unter dem blühenden Flieder befanden sich Kübel mit rosafarbenen Hortensien, eine Gruppe aus Chamaerops-Palmen belebte die große Rasenfläche vor dem Haus, entlang des Kieswegs summten im Schopflavendel die Bienen, Tulpen setzten gelbe und rote Akzente und auf der Küchenterrasse zeigten Wandelröschen ihre ersten Blüten.

Paul entdeckte den Laubbesen unter den Oleanderbüschen, mit dem er die runtergefallenen trockenen Blätter zusammengekehrt hatte. Kurz hielt er die Luft an.

Dann hörte er Charlottes Stimme: »*Herr Paul Pokatzky*, ich sehe, dass Sie diverses Gartenwerkzeug wieder einmal nicht weggeräumt haben!« Der Gesichtsausdruck folgte nicht dem Spaß, den sie machen wollte.

Paul zog seine Hand aus der von Charlotte.

»Wird sofort erledigt, … Mama!«

Erschrocken schauten sie sich an. Jeder hatte seine Waffe gezogen, aber Krieg wollte keiner.

Ohne ein Wort rannte Paul zur Lorbeerhecke, hinter der sich das Schwimmbecken befand. Der Kopfsprung reichte, um bewegungslos bis ans andere Ende zu gleiten. Dann kamen zwei Beinschläge auf einen Armzug, zwei Beinschläge auf einen Armzug, zwei Beinschläge auf einen Armzug. Paul Pokatzky, Paul Pokatzky, Paul Pokatzky.

Zum Abendessen gab es eine Petersiliencremesuppe mit Zucchini-Croutons und danach eine Spinat-Quiche. Konsequent grün.

GLOSSAR

»A te piacciono le cozze, non è così?« – Dir schmecken Miesmuscheln, stimmt's? Seite 58

»Una propaggine del mio giardino.« – Ein Ableger aus meinem Garten. Seite 76

»Un amico … un amico senza pantaloni. E dov'è questo amico quando i soi pantaloni sono qui?« – Ein Freund … ein Freund ohne Hosen. Und wo ist dieser Freund, wenn seine Hosen hier sind? Seite 166

»Un amico! Che tipo di amico? Un amico in mutande!« – Ein Freund! Was für ein Freund? Ein Freund in Unterhosen! Seite 168

»Lei è sveglia.« – Sie ist wach. Seite 191

Un sacco di parenti – Jede Menge Verwandschaft Seite 253

Maria Hellmann Bücher:

2017
ZUWEILEN SINGT DIE CALLAS Ein Haus in Italien
Autobiografischer Roman

2018
BLÄSESCHEISSER Eine 60er Jahre Kindheit
Autobiografischer Roman

Website:
www.mariahellmann.de

Social Networks:
https://www.facebook.com/zuweilensingtdiecallas/